JN171027
名探偵コナン
純黒の悪夢
じゅんこく
ナイトメア
青山剛昌

盗が盗まれた!!

警察庁に
謎の女が侵入!!

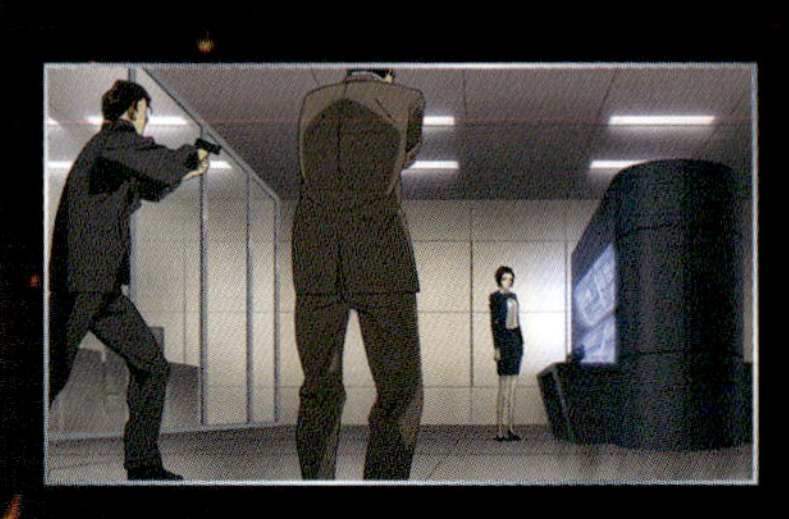

女は公安に見つかり逃亡、
スパイリストをメールで
送ろうとするが、
途中までしか送れず、
その後事故を起こす……

東都水族館で
コナンたちが
出会った女性は、

ケガをしていて、しかも記憶喪失!!

彼女が持っていたのは、
壊れたケータイと
5色のカード……

女性の記憶を取り戻そうとはりきる子どもたち……

スパイリストのすべてを手に入れるため、黒ずくめの組織のベルモットが女性に忍び寄る!?

オッドアイを持つ

元太を助けた女性を見た灰原は、
彼女が組織の人間と気づき……!?

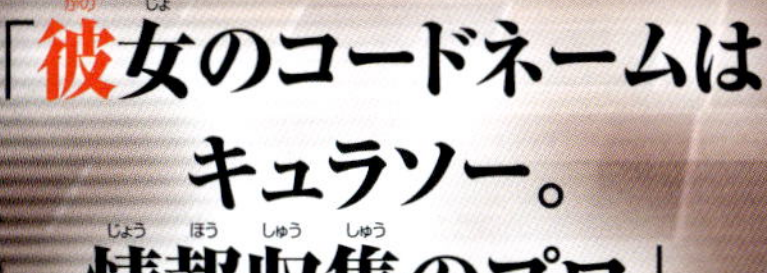

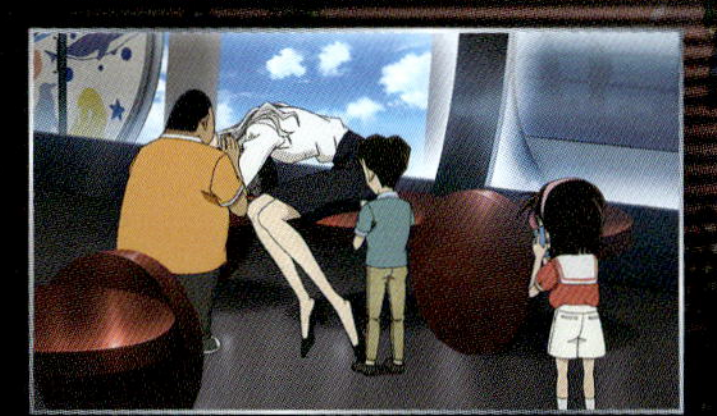

子どもたちと乗った
観覧車のなかで、
突然苦しみ出す女性……

秘された秘密!?
次々とスパイを
始末していく
黒ずくめの組織。
安室透や水無怜奈にも
危険が迫る!!
発作を起こした女性(キュラソー)は病院に。
見舞った子どもたちは再び大観覧車へ向かうが……

大観覧車に隠

黒ずくめの組織は、
完璧なリストを手に入れるため、
キュラソー奪還への
強硬手段に出る!!

「観覧車には
爆弾が仕掛け
られているんだ!!」

観覧車に乗った子どもたち、
そしてキュラソーの運命は・・・!?

CHARACTERS
江戸川コナン
（工藤新一）
Conan Edogawa
ジン
Gin
灰原 哀
Ai Haibara
赤井秀一
Shūichi Akai
安室 透（降谷 零）
Tōru Amuro
小嶋元太
Genta Kojima
ベルモット
Vermouth
吉田歩美
Ayumi Yoshida
円谷光彦
Mitsuhiko Tsuburaya

名探偵コナン

純黒の悪夢(ナイトメア)

水稀しま／著
青山剛昌／原作　櫻井武晴／脚本

★小学館ジュニア文庫★

オレは高校生探偵、工藤新一。

幼なじみで同級生の毛利蘭と遊園地に遊びに行って、黒ずくめの男の怪しげな取り引き現場を目撃した。

取り引きを見るのに夢中になっていたオレは、背後から近づいてくるもう一人の仲間に気づかなかった。オレはその男に毒薬を飲まされ、目が覚めたら——体が縮んで子どもの姿になっていた!!

工藤新一が生きているとヤツらにバレたら、また命を狙われ、周りの人にも危害が及ぶ。

だからオレは阿笠博士の助言で正体を隠すことにした。

蘭に名前を訊かれてとっさに『江戸川コナン』と名乗り、ヤツらの情報をつかむために、父親が探偵をやっている蘭の家に転がり込んだ。


ところで、オレの正体を知っている者が博士の他にもいる。

灰原哀——本名は、宮野志保。

黒ずくめの男の仲間で、オレが飲まされた毒薬『ＡＰＴＸ４８６９』を開発した。だが、ただ一人の姉を殺され、組織に反抗した灰原は自らの命を絶つためにその薬を飲んで、体が縮んでしまった。今は組織の目から逃れるために阿笠博士の家に住んでいる。

謎に包まれた黒ずくめの組織——わかっているのは、そのコードネームが酒にちなんだ名であることくらいだ。

そんなヤツらの正体を暴くため、自ら組織の一員となった潜入捜査官たちがいる。

アメリカ中央情報局CIAの諜報員、キールこと水無怜奈。警察庁警備企画課、通称ゼロに所属するバーボンこと安室透。

さらに別の立場から密かに黒ずくめの組織を追う連邦捜査局FBIのジェイムズ・ブラック、ジョディ・スターリング、アンドレ・キャメル。そして、赤井秀一。

赤井はFBIきっての切れ者で射撃の名手だが、どうやら赤井と安室の間にはただならぬ因縁があるようだ――。

小さくなっても頭脳は同じ。迷宮なしの名探偵。真実はいつもひとつ！

1

明かりを落としたサーバールームでは、ずらりと並んだ筐体から発せられる無数の青白い光が明滅していた。空調管理の行き届いたひんやりとした空気に、ブーン……と低く唸るような稼動音が絶えず響いている。

部屋の中央にある端末の前に、一人の女が立っていた。

襟足辺りでまっすぐに切りそろえた黒髪、鍛えられたしなやかな体にピッタリと密着するタイトスカートのスーツを身に着けた女は、モニターの画面をまばたきせずにじっと見つめていた。その黒い瞳に、モニターに表示された文字が映る。

〈所属〉ＭＩ６　〈コード〉スタウト　〈プロフィール〉本名不詳——

〈所属〉ＣＳＩＳ　〈コード〉アクアビット　〈プロフィール〉本名不詳——

〈所属〉ＢＮＤ　〈コード〉リースリング　〈プロフィール〉本名／レオン・ブッフホルツ——

〈所属〉ＦＢＩ　〈コード〉ライ　〈プロフィール〉諸星大。本名／赤井秀一——

〈所属〉CIA〈コード〉キール〈プロフィール〉水無怜奈。本名／本堂瑛海――
〈所属〉警察庁警備局警備企画課〈コード〉バーボン〈プロフィール〉安室透。本名／降谷零。毛利探偵事務所、喫茶ポアロ勤務。組織において幹部であり――

女はまばたきを一度すると、横に置いたバッグから単語帳のようなものを取り出した。目の前に持っていき、リングで繋がった五色の透明カードを扇形に広げる。

白、橙、青、緑、赤――。

フーッと大きく息を吐いた女は、目を見開いて五色の透明カードを見た。すると、瞳孔が収縮し、めまぐるしく動く――。

そのとき、パチンと照明のスイッチを入れる音がした。

天井の照明が一斉につき、女は入り口を振り返った。

「そこまでだ。机から離れて手を上げろ」

入り口には公安刑事の風見裕也が立っていた。背後にいた二人の部下が拳銃を構えながら部屋に入る。女が両手をゆっくりと上げると、風見はフッと笑った。

「おまえたちの動きはお見通しだ」

女の口元がニヤリと持ち上がったかと思うと――次の瞬間、女は部下の間に飛び込んだ。ドンッと一人の首筋に手刀を打ち、すぐにもう一人の部下のあごを手のひらで砕く。部下たちが崩れると同時に女はすばやく体を回転させ、右ひじを風見のこめかみに打ち込んだ。が、すんでのところで風見の腕が強烈なひじ打ちを受け止める。

風見が入り口の壁にもたれるように倒れると、女は開いた扉から疾風のごとく飛び出し、照明が消えた廊下を駆け抜けた。

すると、正面の窓から差し込む月明かりが、曲がり角の向こうに立つ人影を照らした。

安室透だ。

その姿を見たとたん、女は大きく飛び上がり、蹴りを安室に叩き込んだ。が、安室はすばやく腕でガードし、着地する女にすかさず左ストレートを打つ。女が身をかがめてパンチをかわすと、安室はすばやく回し蹴りを繰り出した。蹴りをかわすと、女は両手を床について体をひねりキック、安室の腕がそれを受け止める。

女は回転して体勢を整え、着けていたウィッグを取って安室に投げつけた。すかさず間を詰めた安室は、ウィッグを左手で払いのけるとそのままジャブを打った。女が体を後ろに引いてよけると、さらに右ストレートを打つ。女は両手をクロスしてガードしたが、安室の拳はガードを崩して女の額を直撃、女の体が後ろに吹っ飛び、その左目からコンタクトレンズが落ちた。

「降谷さん！　大丈夫ですか⁉」

風見が駆けつけると、安室は「ああ」とうなずいて女を見た。女はフッフッフ…と不気味な笑いをもらし、ゆらりと立ち上がった。窓から差し込む月光が女を照らす。

ウィッグを取った女の髪は銀色で、後ろで束ねられていた。その銀髪からのぞく瞳を見た安室の表情がこわばる。女の目は左右で色が違っていた。右目は黒、そして左目は青——。

「その目……まさか……」

「降谷さん！　ズレて!!」

安室が左に体をずらすと、風見は「動くな!!」と女に銃を向けた。

フッ……と不敵な笑みを浮かべた女は、すばやく振り返り窓に向かって走り出した。

「あ!!」「待て!!」

女はガラス窓を突き破り、ビルから落下した。真下の植木に突っ込んだかと思うと、すぐさま飛び出し、数メートル先のビルの壁を這う配管パイプに手を伸ばした。パイプに手足をかけ、回転しながら滑り落ちていく。二階ほどの高さから大きくジャンプした女は、正門の上に着地すると、一回転して地上に降り立ち、外に向かって駆け出した。

「まっ、待てぇ——!!」

警備勤務の警官たちが女を追いかける。

女が侵入したビルの玄関には〈国家公安委員会　警察庁〉と書かれた看板が掲げられていた。

桜田通りに飛び出した女は、道路の真ん中で立ち止まった。走ってきた古いマークⅡが急ブレーキをかけて止まる。

「危ねえだろーが!!」

怒鳴りながら運転席から出てきた若い男に、女のひざ蹴りが食い込んだ。女はすばやく運転席に乗り込み、アクセルを踏み込んだ。ボンネットにのり上げた警官を振り落とし、加速する。

女がスピードを上げたまま左折すると、道路脇に駐車していた赤のマスタングがブオォンとエンジンをふかして急発進した。猛スピードで駆け抜ける女の車を追う。

六本木通りに出た女の車は、料金所のバーをはじいて首都高に入った。マスタングも猛スピードで通過する。

次々と先行車を追い抜いた女は、チラリとルームミラーを見た。すると、赤のマスタングが迫ってくるのが見える――。

女は胸元からスマホを取り出し、片手でメールを打ち出した。ときおり前を見ながらどんどん車を追い抜いていく。

『ノックはスタウト、アクアビット、リースリング。あなたが気にしていたバーボンとキール』と文字を打った瞬間――ガンッ！　と後ろから強い衝撃が襲った。追突されたのだ。スマホが女の手から離れ、助手席に落ちる。

追突したのは白のRX―7――安室の車だった。警察庁から飛び出して追ってきたのだ。

女はハンドルを握り、左右に振れた車をすばやく立て直して加速した。ルームミラーに映るRX―7を見てチッと舌打ちし、助手席に落としたスマホを見る。

スマホの画面には〈送信中〉の文字が表示されていた。追突された拍子にメールが送信されてしまったのだ。

すると、追い上げた安室の車が女の車に並んだ。

「今すぐ車を止めろ！」

女は唇をクッと噛むと、ハンドルを左に切って体当たりをかけた。が、安室の車はギリギリかわす。

「逃がすかよ!!」

カーブにさしかかった二台の車はスピードをあげたまま後輪を滑らせて曲がった。ギギギギ……とタイヤが悲鳴を上げる。

すると、せめぎ合う二台の車に赤のマスタングがピッタリとつけてきた。横滑りするRX―7にマスタングがぐんと近づいてくる。

「誰だ!?」

安室はマスタングの運転席を見た。黒いニット帽をかぶった男と目が合う。

「赤井!!」

それは赤井秀一だった。

カーブを抜けた女の車はライトアップされた橋を猛スピードで走った。女の車を追うRX―7の前にマスタングが割り込むと、安室はハンドルを切ってマスタングに右車体を当てた。

「下がれ、赤井！　ヤツは公安のモノだ!!」

にらみつける安室を、赤井は鋭い目でにらみ返した。するとそのとき、前方でクラクションが鳴った。

女の車が路肩を走り、トラックと並んで走る軽自動車に体当たりしている――！

トラックにどんどん寄せられていく軽自動車はクラクションを鳴らし続けた。

さらに女は車を何度も軽自動車の左車体に当て続けた。そして軽自動車から一度離れると、再び激しくぶつかった。トラックと女の車に挟まれた軽自動車は後方に押し出され、回転しながら橋を逆走した。大きく跳ね上がった軽自動車が安室と赤井の車に向かってくる――！

二人はとっさにハンドルを切って左右に分かれた。二台の間に軽自動車が入り、さらに転がっていく。軽自動車は後方を走っていたタンクローリーに激突し、車体を滑らせたタンクローリーは壁を破壊しながら止まった。

赤井は後ろを振り返り、軽自動車とタンクローリーから人が出てきたのを確認すると、再び前を向いた。そのとき、カーナビの画面が目に入った。画面をダブルタップし、地図を拡大する。海の上を走る首都高は急な右カーブのループがあり、その先は工事中で渋滞を示すラインが明滅している――。

赤井は急ブレーキをかけ、車を止めた。

前方を走っていた安室が振り返り、赤井の車が止まったのを見た。あきらめたか――安室はフッと笑い、スピードを上げた。次々と車を追い抜き、女の車に近づいていく。

ルームミラーに映る安室の車を見て、女は唇を噛んだ。右カーブにさしかかる手前でタンクローリーを抜くと、左車線へ移り、隣を走る大型トラックに体当たりした。大型トラックがスピンして道路をふさぐ。そこに先ほど女の車が抜いたタンクローリーが追突した。道をふさいでいた大型トラックが押し出され、左の側壁を突き破って飛び出した。続いて女の車が側壁を越えて飛び出す。落下する大型トラックの上に着地した女の車はガガ……と荷台の屋根を走りジャンプした。眼下に広がる海を越え、ループ状の急カーブを終えた下の直線道路に着地する。大型トラックは海に落ち、大きな水柱を立てた――。

タンクローリーの手前で急停車した安室は、信じられない光景に目を見張った。まさか落下するトラックを踏み台にして海を越え、道路に着地するなんて――。

「チッ！　逃がすか!!」

安室の車が急発進し、トラックの横を走り抜けた。もし逃げられでもしたら、世界中がパニックになる……安室は必死でアクセルをふんだ。

女はハンドルを握りながら後方を見てフッ…と笑い、前を向いた。すると――目の前の橋が渋滞していた。テールランプの赤い光が点々と続いている。

女はとっさに急ブレーキを踏み、車を止めた。

「Ｓｈｉｔ！（ちくしょう）」

どうやら橋の先で工事が行われているらしく、車の長い列が橋まで続いている。これでは先に進めない――。

女はハンドルを切ってUターンすると、道路を逆走した。スピードを上げ、向かってくる車の間を次々とすり抜けていく。

女の車を追っていた安室は、前方でクラクションがけたたましく鳴っているのに気づいた。

次の瞬間――逆走する女の車が見えた。

「まさか、逆走⁉」

驚く間もなく、女の車がRX―7の横をすり抜ける。

女の車は対向車をかわしながら左巻きの上り坂を走った。カーブを曲がり終えて直線道路に出ると――道路の中央に赤のマスタングが停まっているのが見えた。道路に真横に停めた車のボンネットの上で、赤井が二脚をつけたライフルを構えてスコープをのぞき込んでいる――。

「ライ……‼」

赤井のコードネームを口にした女は、不敵な笑みを浮かべた。

「面白い……ひき殺してやるよ……！」

女はシフトレバーを握ってギアをシフトアップすると、アクセルを踏み込んだ。

スコープをのぞいた赤井はフーッと大きく息を吐き、人差し指をトリガーにかけた。

スコープの十字線の中心に女の額を合わせる。すると、ハンドルを握った女はニヤリと笑い、頭を下げた。女の頭がダッシュボードに隠れてしまった。

スピードメーターを振り切った女の車がマスタングめがけて突き進む——！

赤井は目を細めると、スコープの十字線を運転席から右前輪に移し、引き金を引く。

赤井が放った銃弾は右前輪に命中し、パアァァンと乾いた破裂音が響いた。コントロールを失った女の車が左右に揺れ、女は体を起こしてハンドルを握り直した。猛スピードで横滑りした車はすれすれでマスタングをよけたかと思うと、側壁に激突した。バウンドして反対の側壁にぶつかった女の車はスピンしながら逆走した。その先には、女の車に体当たりされた軽自動車と車体の後ろ半分が壁の外に投げ出されたタンクローリーが停まっている——。

女の車に激突された軽自動車がタンクローリーを押し出した。三台の車が次々と壁の外に追いやられて落下する。

女は落下する車からすばやく脱出し、海に飛び込んだ。

三台の車が次々と海沿いの倉庫の上に落下したかと思うと、ドオォォンと大きな爆発音がした。

爆風が押し寄せて黒煙が橋の上まで舞い上がり、周囲の明かりが次々と消えていく。

吹き飛んだガレキが、水中に潜っていた女の周りを沈んでいった。女が海面を見上げた瞬間——巨大な鉄柱が頭に激突、女は口からゴボゴボと息を吐き、鉄柱と共に沈んでいった——。

マスタングの奥から赤井がゆらりと立ち上がると、逆走してきたＲＸ―７が斜め前で急停車した。車から飛び出した安室は、崩れた側壁に走り寄り、倉庫街からもうもうと立ち上がる黒煙を呆然と見下ろした。そしてライフルを持った赤井をにらみつける。

「赤井……貴様……っ！」

安室が一歩踏み出したとき――遠くからサイレンが響いた。振り返ると、橋の向こうから赤いパトランプが近づいてくるのが見える。

安室は拳をギュッと握り込むと、赤井をにらみつつ車に戻っていった。そしてギャギャギャ…とタイヤを高速回転させて去っていく。

ＲＸ―７があっという間に小さくなると、赤井はポケットから取り出したスマホを操作した。数回の呼び出し音の後、ＦＢＩ捜査官のジェイムズが出た。

『私だ……』

「取り逃がしました。後始末を頼みます」

『わかった。すぐにその場から離れるんだ』

「了解」

赤井は電話を切ると、マスタングにすばやく乗り込んだ。

首都高の下では、爆発した倉庫に駆けつける消防車や救急車の姿が見えた。倉庫の近くにあった変電所も爆発で破壊され、湾岸一帯は闇に包まれていた。

サイレンをけたたましく鳴らしながら通過する消防車の脇を、ふらふらと歩く女の姿があった。全身ずぶぬれになった女は、荒い呼吸をしながら細い路地へと入っていく。ふらついて壁に手をついた女は、ボロボロになったジャケットを脱ぎ捨て、再び歩き出した。

路地の先は海だった。その先には埋立地に建設された東都水族館があり、シンボルの巨大観覧車が見える。すると突然――海の向こうからパーンと乾いた音がして花火が上がった。さらに色鮮やかなプロジェクションマッピングが観覧車に映し出され、その前に高く上がった噴水がオーロラのようにキラキラと輝く。

観覧車に映し出された五色の光が、路地を進む女の視界に飛び込んだ。すると、女は不意に頭を押さえ、うずくまった。

「うぐっ……ぐあああああ……ッ」

頭を突き刺すような激痛が女を襲う。苦しそうに頭を抱えた女は、カッと目を見開いた。そのとたん――頭の中で五色の光の粒子が激しく飛び乱れた。そして書類をばらまいたように様々な過去の映像が一気にフラッシュバックした。

女の顔から汗がしたたり落ち、頭を抱える手がブルブルと震える。

「ぐわあぁぁぁぁ――――!!」

女の絶叫は倉庫街に轟く爆発音やサイレンにあっけなくかき消された――。

2

翌朝。抜けるような青空の下、コナンや子どもたちを乗せた阿笠博士のビートルは首都高を走っていた。助手席の小嶋元太はスナック菓子の袋を持ち上げて中身を全部口の中に放り込むと、別の菓子箱を手に取った。が、それは空箱だった。

「博士。もうお菓子なくなっちゃったぞ」

元太が言うと、後部座席の吉田歩美と円谷光彦は驚いて身を乗り出した。

「え〜、もう食べちゃったの⁉」

「ボクたちの分もですか⁉　みんなの分だって言ったじゃないですか！」

「あっ、わりぃわりぃ。もうすぐ着くんだからそんなに怒んなよなぁ〜」

「もぉ、元太君は〜」

光彦が頬をふくらます横で、歩美と灰原に挟まれて座っていたコナンはイヤホンを着け、真剣な表情でスマホのテレビ画面を見ていた。

「熱心に何を見ているのかしら」

灰原に訊かれたコナンはイヤホンを外し、テレビ画面を見せた。

「昨夜の大規模停電の原因がいまだに発表されねぇから、変だなぁと思ってニュースを……」

番組では未明に首都高で起きた交通事故のニュースが流れていたが、『それでは次はピックアップコーナーです』と別の話題に切り替わった。

『今日のピックアップは東都水族館です。全面リニューアルのため去年から休業していましたが、本日オープンするとのことで……』

キャスターの背後に水族館の映像が流れると、歩美がテレビ画面をのぞき込んだ。

「あ〜、これから行く水族館の特集やってるよ！」

「え！　見せてくださいよ、コナン君！」

光彦に言われて、コナンは「あ、ああ」とスマホを運転席の背もたれに置いた。

「オレにも見せろよ〜！」

元太が振り返ってスマホをのぞこうとしたが、シートベルトが体に引っかかって動けない。

「ジャマだなぁ〜、このベルト」

「これこれ！　走行中は外しちゃいかん！」

阿笠博士が注意すると、元太は「ちぇっ、つまんねーの」と座り直した。

「もうすぐ着くんですから我慢してくださいい、元太君」

光彦は元太に言われた言葉をそのまま返してニヤッと笑った。

「あ、始まったよ！」

歩美に言われて、光彦は再びテレビ画面を見た。

『それでは今回のリニューアルオープンに際して、大きく変わったポイントを映像と共に紹介していきましょう！』

キャスターが言うと画面が切り替わり、水族館の全景が映し出された。

『今回のリニューアルにより大きく進化したポイントが三つあります。まず注目していただきたいのは、遊戯施設や各種店舗を全て屋内に配置したことです。これにより天候を気にすることなく、全ての施設を開園から閉園まで思う存分楽しんでいただけるようになりました』

全景映像からショッピングモール内の映像に切り替わった。広くて明るいショッピングモールの中には、海を一望できる展望レストランや巨大なくじらの口からジェットコースターが出てくる室内アトラクションなど、様々な店舗や遊戯施設があった。

『次に注目すべきポイントは、この水族館の一番の売りであるイルカたちによる華麗なショーです。以前から人気のあったアトラクションでしたが、ショーの内容を一新。イルカたちは演技にさらなる磨きをかけ、我々に驚きと感動の時間を与えてくれることでしょう』

映し出されたイルカショーの会場では、三頭のイルカが同時に水面から飛び出し、吊るされたボールをくちばしではじいた。さらに空中で回転して尾びれでボールをはじいてみせた。プールサイドに子どもが立つと、イルカが水面から出てきて子どもの頬にキスをする。

再び画面が全景映像に切り替わり、施設の中央に色がついて明滅した。

『そして最後に紹介させていただくのが、今回のリニューアル最大の売りである世界初の二輪式大観覧車です。南北それぞれにノースホイールとサウスホイールを用意し、搭乗した方角により違った景色をご覧になっていただけます』

背中合わせに建てられた二つの巨大な車輪状のフレームがそれぞれ反対方向に回転し、ゴンドラが上昇していく。

『また、観覧車の周りに配置された噴水からは、一時間おきに行われる噴水とプロジェクションマッピングによる水と光のスペシャルショーが行われ、地上百メートルからの絶景とのコラボレーションを楽しんでいただけます。しかも夜の八時からは打ち上げ花火やレーザー光線のショーも加わり、また違った幻想的な世界に皆さんを誘っていくことでしょう』

観覧車の正面全体を覆ったLEDビジョンと、噴き出した水で作られたウォータースクリーンに鮮やかな光の模様が映し出され、さらにその背後から何発もの花火が上がった。空高く上がった花火の下ではカラフルなレーザー光線が夜空を彩る――。

光が創り出す幻想的な光景に、歩美と光彦はすっかり魅せられてしまったようだった。

「この観覧車に乗ろー！」

「いいですね～！」

スマホを切ったコナンはあきれた顔で光彦を見た。

「水族館に行くんじゃなかったのかよ」

「両方行けばいいじゃないですか。ねえ？」

「うん！」

歩美が笑顔でうなずくと、助手席の元太が「おう！」と振り返った。

「いいな、両方行こうぜ〜！」

「博士、チケット代はよろしくね」

灰原の言葉に、阿笠博士は「ゔいゔっ！」とすっとんきょうな声を上げた。

緩いカーブを進み、やがて大観覧車の巨大な車輪が見えてきた。元太が「うわぁ〜!!」とフロントガラスに顔を近づける。

「でっけーのが見えてきたぞ〜!!」

「本当ですね!!」

「すっご〜い!!」

光彦と歩美も身を乗り出し、大きな車輪を見つめた。

「あと五分もせんで着くぞ」

阿笠博士が言うと、子どもたちは「やった〜！」と両手を上げた。

落下事故が起きた倉庫街に現れたプラチナブロンドの美女――ベルモットは、コンビニの駐車場の金網の向こうにボロボロになったジャケットを見つけた。

持ち上げると、水に濡れてずっしりと重い。

ジャケットを持ったベルモットは周囲を見回した。金網には何枚かポスターが貼られ、そのうちの一枚は東都水族館の大観覧車が写ったポスターだった。

ベルモットはジャケットを両手で持ち、広げてみた。すると、ジャケットからパラパラとガラスの破片が落ちた。ふと前を見ると――ガラスの破片が細い路地に点々と落ちている――。

ベルモットはジャケットを捨て、路地の奥へと走り出した。

路地の先に広がる海の向こうには、東都水族館があった。青空の下には巨大な観覧車がそびえ立っている。

足を止めたベルモットは、険しい顔つきでその大観覧車を見つめた――。


「ほ～れ、着いたぞ」

水族館の駐車場に阿笠博士のビートルが到着すると、子どもたちはすぐに飛び出した。

「行こうぜ！」

「わーい、やったあ！」

「待ってくださいよ、元太くーん！」

元太たちに続いて走り出した光彦は、車を振り返った。

「灰原さん、コナン君も早く来てくださいよ～！」

子どもたちは入場口の手前で立ち止まり、巨大な観覧車を見上げた。

「それで、水族館と観覧車、どっちに行くことにしたんじゃ？」

阿笠博士がたずねると、子どもたちは「え～」と顔をしかめた。

「何言ってんだよ、博士」

「両方に決まってるじゃないですか」

子どもたちの要望を黙って聞いていた阿笠博士は、突然ニヤリと笑った。

「では勝負じゃ！　これから出すクイズに答えられたら両方連れていってやろう」

やったぁ！　と子どもたちは喜び、灰原とコナンはしらけた顔で阿笠博士を見た。

「結局それがやりたかったのね」

「まったく飽きもせず……」

「それでは第一問！」

阿笠博士が得意げに人差し指を立てると、

「まさか何問も出すつもりじゃねぇだろーな」

「一問だけにしときなさいよ」

コナンと灰原はちくりとクギを刺した。とたんに阿笠博士が残念そうな顔をする。

「仕方ないのぉ……ではゆくぞ！　その色をまじりっけなしに塗り込んでいくと、変身してしまうものは次の四つのど～れじゃ」

阿笠博士は指を四本立ててニヤッと笑った。

「一、赤色。二、青色。三、茶色。四、黒色」

子どもたちはう～ん…と考え始めた。

「まじりっけなし……」

「塗り込むと変身する色ですか……」

「あ～全然わかんねぇよ～！」

元太が頭を抱え込むと、阿笠博士はグッフフフフ……とほくそ笑んだ。見かねた灰原が
「博士！　大人げないわよっ」とにらむ。

「色を言い換えりゃ、少しはわかりやすくなるんじゃねーか？」

コナンがヒントを出すと、阿笠博士は慌てて止めた。

「これこれ、コナン君は参加しちゃいかん」

「言い換えるの～？」

「う～ん……」

ヒントを得ても子どもたちはピンと来ないようだった。すると、灰原が「例えば」と口を開く。

「赤は『まっ赤』、青は『まっ青』……」

「哀君！　それを言っちゃ――」

阿笠博士が慌てて止めようとすると、光彦が「わかりました！」と手を上げた。

「茶色は『まっ茶』ってことですね！」

光彦の言葉に、歩美が「あ～！　変身した～!!」と声を上げる。

答えがわかってすっきりした歩美の横で、元太は「何言ってんだよ……」と不可解そうな顔をした。

「赤が『まっ赤っか』、青が『まっ青』、茶が『まっ茶』で、黒が『まっ黒け』……」

「茶色に注目してみてください、元太君」

「茶色だけ抹茶になるでしょ？」

光彦と歩美が言うと、元太は「あ！」と目を見開いた。

「本当だ！　お茶になったー!!」

見事に正解されてしまった阿笠博士はうらめしそうに灰原とコナンを振り返った。

「ズルイぞ、君らがヒントを出すなんて……」

「よ～し！　チケット買いに行こうぜー！」

オー！　と拳を突き上げた子どもたちはチケット売り場へと走り出し、阿笠博士が「あ、コレ！」と追いかける。が、すぐに息が上がり、その場に座り込んだ。

「両方はいかんぞ、両方は……待っちゃ（抹茶）くれ〜〜〜〜〜!!」

と手を伸ばす阿笠博士に、コナンは苦笑いした。

「ダジャレでごまかしたってダメだっつーの！」

そう言って歩き出そうとしたとき——どこからかわずかにガソリンの臭いがした。その臭いがする方向を振り返ると、ベンチに外国人女性が座っていた。乱れた銀色の髪に、薄汚れたシャツとタイトスカートを身に着けた女は、ベンチにもたれてうつろな目で宙を見ている。

「どうしたの？　江戸川君」

灰原が声をかけたと同時に、コナンは女の元へ走り出した。

「ねぇねぇ、大丈夫？　お姉さん」

女に近づくと、シャツの襟元が反射してキラッと光った。声をかけられた女はゆっくりとコナンに視線を移した。その瞳は右目が黒だが、左目は青い——。

「顔、汚れてるよ」

「……ああ……」

女は頬に手を当てた。

「うわぁ、お姉さんの目、左右で色が違うんだね」

「日本語がよくわからないんじゃない？」

歩み寄ってきた灰原が言うと、女は首を横に振った。

「わかるわ……わかるわ……」

「どうしたの？　こんなところに一人で。お友達もいないみたいだし……」

キョロキョロと周囲を見回したコナンは、女のひざにかすり傷があるのを見つけた。シャツから見える首や腕にもかすり傷がある。

「それにケガしてるよ。ひざと手……スマホも壊れてるみたいだし」

女の手元には画面にヒビが入ったボロボロのスマホがあった。スマホの周りや女の服には小さなガラス片が付着していて、光に反射してキラキラと輝いた。

「これ、ちょっと見せて」

コナンが女のスマホを手に取ると、灰原は女に質問した。

「お姉さんはいつからここにいるの？」

「……えーと……」

「じゃあどこから来たの？」

「……わからない……」

女の反応に、灰原とコナンは顔を見合わせた。

この女性、もしかして——。

「お姉さん、名前は？」

「名前……」

コナンにたずねられた女はキョロキョロと不安げに目を泳がせた。そしてまた首を横に振る。

「ごめんなさい。わからない……」

「自分が誰でどこから来たのかもわからない――これって……」

コナンが振り返ると、灰原は女に近づいた。

「ちょっと頭を見せて」

「え、ええ……」

女は頭を下げた。灰原が女の髪をかき分けると、小さな傷があった。

「たいした傷じゃないけど、最近のものね」

コナンはボロボロになったスマホの画面をタップしたが、やはり完全に壊れていて反応はなかった。手首を返してスマホの裏を見ると、破片がパラパラと落ちる。

「たぶん車に乗ってて事故に遭い、頭をケガした……」

コナンの言葉に、灰原はあごに手を当てた。

「だとすると、外傷性の逆行性健忘……」

そこまで口にして、ハッと気づく。

「え？　何で車に乗ってたってわかるの？」

と目を丸くする灰原の横で、コナンは持っていたスマホをベンチに戻した。

「このスマートフォンが完全に壊れるほどの衝撃を受けてるし……これ見ろよ。車のフロントガラスの破片だ」

そう言って、ベンチに落ちていたガラスの破片を手に取って見せた。

「運転中に頭をぶつけたってこと？」

「その車、わりと古い車種だろうな。最近の車はガラスが飛び散らねーようにフィルムが挟んであっからな……」

指を動かすと、粒状になったガラスの破片がキラリと光る。コナンは左手でハンカチを取り出し、ガラスの破片を包んでポケットにしまった。

「それに、彼女の体から微かにガソリンの臭いもする」

「あ、ホントだ」

女に近づいてクンクンと臭いを嗅ぐ灰原の横で、コナンは考えに沈んだ。

──ガソリンの臭い、車のフロントガラスの破片、頭の傷、完全に壊れたスマホ……。

(もしかしたら、昨日の大規模停電と何か関係が……)

「お姉さん。他に何か持ってない？」

コナンがたずねると、女は「え？」と自分の両手を見た。

「他って言われても……」

「たとえばポケットの中とか」

女はタイトスカートにポケットが付いているのを確認すると、立ち上がって左右のポケットに手を入れた。

「これは……？」

左ポケットに入っていたカードの束を取り出し、不思議そうにまじまじとカードを見つめる。

「お姉さん、見せて」

コナンが受け取ったカードの束を見た灰原は「なあに？　それ……」と首をかしげた。

「単語帳みたいだけど……カードに半透明の色がついてる……」

手のひらサイズの単語帳の表紙をめくると、五色の透明カードが現れた。

「白、橙、青、緑、赤……何のカードだろう……」

女はコナンが持っている単語帳を不安そうに見つめた。すると、

「お〜い！　コナーン！　灰原〜！」

チケットを持った子どもたちが走ってきた。その後ろには息を切らしてフラフラと走る阿笠博士もいる。

「二人の分のチケットも買ってきたよ〜！」

「早く乗りに行きましょうよ〜！」

コナンは走ってくる子どもたちを見て顔をしかめた。

「ヤベッ、厄介なのが戻ってきた……」

「何やってんだよ二人とも」

元太の後からやってきた光彦は、「あれ？」とベンチに座っている女に気づいた。

「誰ですか？　その女の人」

女を見た歩美が「うわ～っ！」と声を上げる。

「お姉さんの目、右と左で色が違う！　キレ～イ……」

「偽物の目を入れてんのか？」

元太が珍しそうに女の顔をのぞき込むと、女は何やら考え込んだ。

「違いますよ、元太君。お姉さんはオッドアイだと思いますよ」

「オッドアイ……？」

「変な名前だなぁ、この姉ちゃん」

初めて聞く言葉に歩美と元太がきょとんとする。

「あ、いや、この人の名前じゃなくて……」

光彦が間違いを正そうとすると、歩美が「わかった～！」と手を上げた。

「オットセイの目のことでしょ！」

「オットセイ……？」

元太はウォウォと鳴くオットセイを思い浮かべた。

「目のことなんだよね？　コナン君」

歩美に言われたコナンが「あ、ああ……」と苦笑いを浮かべると、それまで暗い顔つきだった女がフフフ……と笑い出した。

「あ、ごめんなさい」

とすぐに謝る。

「お姉さん、やっと笑ったね」

「ああ」

子どもたちが喜んでいると、阿笠博士がハァハァ言いながらやってきた。

「君たちはこんなところで何をしとるんじゃ？」

「ちょうどよかった。博士」

「このお姉さん、事故に遭ってどうやら記憶喪失になってしまったみたいなの」

灰原の言葉に、阿笠博士や子どもたちは目を丸くした。

「本当か⁉　新——いやいや、コナン君」

驚きのあまり思わず『新一』と呼びかけそうになった阿笠博士に、コナンは「ああ」とうなずいた。

「もしかしたら、昨日の事故が原因かも……」

「すぐに警察に届けた方が——」

「やめてぇ——!!」

突然、女が身を乗り出して叫んだ。チケット売り場に向かう人たちもその声に驚いて立ち止まる。

「お姉さん、警察に行けない理由でもあるの？」

灰原が訊くと、女は「……わ、わからない……」とベンチに座り直した。

「じゃが警察に保護してもらわんと、病院でちゃんと検査してもらえんからのぉ……」

困った顔をする阿笠博士の前で、コナンはポケットからスマホを取り出し、いきなり女の写真を撮り始めた。すると女はとっさに顔を手で隠し、逃げるように走り出した。

「ちょっとコナン君」

「これこれ、いきなり写真を撮るなんて失礼な――」

子どもたちや阿笠博士が非難する中、コナンは「待って、お姉さん」と呼び止めた。

「警察には通報しないよ」

立ち止まった女は、おそるおそるコナンを振り返った。

「お姉さんの知り合いを捜すために写真が必要だったんだ」

「私の知り合い……」

女は不安そうな表情でコナンの顔をうかがった。

「うん。記憶を取り戻す手伝いをさせてよ」

コナンが優しく微笑みかけると、子どもたちがしゃしゃり出てきた。

「マジかよ、コナン！」

「私たちも手伝わせて！」

「なんたってボクたちは少年探偵団ですから！」

三人でポーズを決めるのを見て、灰原はハァ……とため息をついた。

「私たちがお姉さんのお友達を捜して、それで記憶を取り戻してあげる」

「大船に乗ったつもりでいてください！」

子どもたちの助けたいという純粋な気持ちに触れた女は、「あ、ありがとう……」と微笑んだ。

「じゃあまず、お姉ちゃんを知ってる人を捜そう！」

「はい！」

子どもたちがさっそく行動に出ようとすると、阿笠博士が慌てて身を乗り出した。

「君たち、観覧車はどうするんじゃ⁉」

「何言ってんだよ、博士！　そんなモンに乗ってる場合じゃねーだろ」

「まずあのイルカさんに訊いてみましょう！」

「博士ジャマー！」

子どもたちは阿笠博士を押しのけると、女の手を引いた。そして近くで子どもたちに風船を配っているイルカの着ぐるみの元へ向かう。

「こら君たち、遊び半分でそんなことしちゃいかーん！」

子どもたちを追う阿笠博士の背中を見送った灰原は、残ったコナンを振り返った。

「まさか、本当に警察に届けないつもり？」

「んなわけねーだろ」

コナンはベンチに置きっぱなしになった女のスマホをハンカチで包み、胸ポケットに入れた。

そして自分のスマホを操作し、先ほど撮った女の写真を添付したメールを送った。


蘭が二階の毛利探偵事務所のドアを開けると、事務机に置かれたテレビからニュースキャスターの声が聞こえてきた。

『今日未明、首都高速道路で走行中の車が高架下の倉庫街に落下し、爆発、炎上する事故がありました。この事故による死傷者は奇跡的にありませんでしたが、車の運転手は現場から立ち去った模様で、警察が行方を追っています。どのような状況で車が転落したのか、詳しいことはわかっておりませんが……』

事務机に足を投げ出して寝ている小五郎を見て、蘭はムッと顔をしかめた。

「ヨーコちゅあ〜ん……むにゃむにゃ……」

大ファンの人気歌手、沖野ヨーコの夢を見ているのだろう。大いびきをかいていた小五郎が突然ニヤニヤしながら、その名前をつぶやいた。

まったく——あきれた蘭は応接セットのテーブルに置かれたリモコンを取り、テレビに向かって歩いた。テレビのボリュームを下げ、小五郎の背後に回る。

「もぉ〰〰、お父さん!!」

耳元で大声を出すと、小五郎は「んがっ!!」と飛び起きて椅子から落ちそうになった。

「仕事サボっていつまで寝てるのよ!!」

「うるせーな！　探偵には頭脳的休息が必要なんだよ!!」

椅子から落ちそうになった小五郎がとっさに背もたれにしがみつくと、椅子のキャスターが動き出し、机にかけていた脚が伸びてプルプルと震える。

「つまり飲みすぎて頭が痛いってワケね」

「な……何で……いや、誰もンなこと言ってねーだ……ろっ!!」

机から脚が離れてバタン！　と床に落ちた小五郎を、蘭は冷ややかに見下ろしながら、「これっ。コナン君から」と携帯電話の画面を突きつけた。

「記憶喪失の人を保護したから、警察に届けてくれって。とりあえず高木刑事に言っといたけど、お父さんも協力してあげて」

画面に表示された女性の写真を見て、小五郎は頬をポッと赤らめた。

「う、美しい……」

「ちょっとお父さん、聞いてるの？」

「このレディは今いずこに!?」

ガバッと勢いよく立ち上がった小五郎は、蘭の携帯電話を力強く握り締めた。

「と、東都水族館だって」

「わかった!!」

返事を聞くやいなや、小五郎は机を「トウ!」と乗り越えてドアに向かった。

「ちょっとお父さん!」

「その依頼、この名探偵が引き受けた!!」

「いや、依頼じゃなくて……」

バタン! と勢いよく閉まったドアを見て、蘭は「もぉ!」と頬をふくらませた。


「警部! これが先ほど蘭さんから送られてきた写真です」

高木渉巡査部長は目暮十三警部のデスクに駆け寄り、スマホの画面を見せた。

「通報によると、交通事故に遭った可能性があるとのことで……」

高木の横に立つ佐藤美和子警部補が言うと、目暮は「交通事故か……」と眉根を寄せた。

「今朝、大規模なモノがあったな。確か運転手が行方不明だという……」

「タンクローリーを巻き込み、高速道路から落下……変電所を破壊し、湾岸地帯を停電にしたってやつですね」

佐藤が言うと、高木は顔をしかめた。

「あれだけの事故だったのに、マスコミどころか我々にも正確な情報が来ていない……これって……」

佐藤は高木の言葉にうなずき、目暮を見た。

「調べてみる必要があるかと……」

目暮がスマホの写真に目を落とすと、千葉和伸刑事が「目暮警部！」と駆け寄ってきた。

「どうだった？」

「捜査三課にも特に情報は入っていませんでした」

「そうか……」

目暮が肩を落とすのを見て、佐藤は「何です？」と訊いた。

「昨夜、警察庁に何者かが侵入したらしいって噂を聞いてな」

「警察庁に？」

高木が目を丸くする。

「でも、警視庁にはその情報が下りてこないんです」

千葉の説明に、高木は「どういうことです？」と目暮を見た。目暮が首を横に振る。

「何か大きな力が働いているのかもしれんな……」

3

昼ごろになると混雑する東都水族館内のレストランも、開館直後はまだ客もまばらで、窓際のテーブル席にベルモットが座っていた。ウェーブのかかったプラチナブロンドのロングヘアをかき上げると、その美しい顔があらわになる。

ベルモットはテーブルにノートパソコンを開き、双眼鏡で観覧車がある屋外施設をのぞいた。左手でパソコンに繋がれた小型カメラを動かし、右手でキーボードを打つ。すると、パソコン上で人物検索ソフトが起動した。モニターに観覧車が映ったかと思うと右下へとカメラが移動し、観覧車の下に集まる人々が映し出される。彼らに次々と四角い枠が重なり、右画面に顔写真がずらりと並ぶと、顔認証プログラムが動き出した。そしてカメラの映像が観覧車の左下に移動すると、リストアップされた一人の顔写真が明滅した。検索していた人物と一致したのだ。

ベルモットはすばやく双眼鏡を取り、チケット売り場の近くに立っている外国人女性をクローズアップした。オッドアイを持つあの女だ。

「……いた」

ベルモットはフッと微笑むと、右耳に掛けた通信機のボタンを押した。

「見つけたわ、ジン」

『どこにいた？』

「東都水族館よ」

『水族館……!?』

「ええ。安心して。すぐに連れて帰るわ」

パソコンやカメラを片付けて席を立ったベルモットは、そう言うと通信機を切った。


二手に分かれて、記憶喪失の女性を知っている人を捜すことにしたコナンは、灰原と共に屋外施設にいる係員たちに声をかけて女の写真を見せた。

観覧車の入り口付近で行列を誘導している係員にも聞いてみたが、「見たことないなぁ」と首を横に振られてしまった。

コナンと灰原は係員に一礼すると、歩きながらスマホに表示された女の写真を見た。

「彼女、本当にここに来たことあるのかしら……？」

灰原が怪訝そうに言うと、コナンは「ああ」と灰原を振り返った。

「あれだけ特徴的な髪と目の色をしているのに、誰一人として覚えてないなんておかしいよな」

「それで、次はどこへ行くつもり？」

「地上は大半回っちまったからなぁ」

観覧車から水族館へ続く通りを歩いていたコナンは、階段の手前で立ち止まって手すりにもたれると、パンフレットの地図を見た。

「水族館側は元太たちに任せてあるし……」

すると、手すりの向こうから「頑張れ、姉ちゃん！」と元太の声がした。地図から顔を上げると、水族館の手前にあるゲームコーナーに元太たちの姿が見えた。

「最後の一本ですよ。慎重にいってください！」

「二人とも静かにしないとお姉さんが集中できないよ」

子どもたちのそばには記憶喪失の女が立っていて、ダーツの矢を円形の的に向かって投げようとしている。

「あいつらぁ〜」

「どうやら探偵ごっこには飽きちゃったみたいね」

女は鋭い眼光で的を見ると、矢を軽く投げた。矢は見事に的のど真ん中に刺さり、パンパカパーン！　とにぎやかな音楽が流れた。的の上のモニターに〈ＨＩＧＨ－ＳＣＯＲＥ　１５０ｐｔ〉と表示される。

「おめでとうございまーす！　本日の最高得点でーす!!」

カランカランとベルを鳴らす係員に、女はきょとんとした。

「やった〜！」

「お姉さん、すごーい!!」

ハイタッチして喜んだ子どもたちは、

「ほら！　姉ちゃんも」

「両手を出してください」

不思議そうに両手を胸の前に出した女に次々とタッチをした。子どもたちの笑顔につられて、女も軽く微笑む。

「あ！　お姉さん、また笑ったー！」

「やっぱり姉ちゃんは笑った方がいいと思うぞ」

「ですね！」

女は「……そうかしら？」と恥ずかしそうにまた笑った。ベルを鳴らした係員がカウンターにイルカのキーホルダーが並べられたパネルを置いた。

「それじゃあ景品のキーホルダーを三つ選んでね〜」

子どもたちが「おお〜！」「やったー」とカウンターに駆け寄る。

「三つもいいんですか？」

「今日のハイスコアを出した人には、特別に景品を三つプレゼントしてるんだよ」

「私、あれ！」「オレ、これ」「ボクはあれにします」

キーホルダーを受け取った歩美は「あれ？」と女を見た。

「お姉さんの分は？」

「私は大丈夫よ。気にしないで」

女は両手を胸の前で振り、ニッコリと微笑んだ。

「でもよぉ」

「お姉さんが取ってくれたものですし……」

「おい！　おめーらっ」

背後から声がして子どもたちが振り返ると、冷ややかな目つきをしたコナンと灰原が歩いてきた。

「すっかり遊んでっけど、お姉さんの記憶を戻すんじゃなかったのかよ」

「だってぇ……」

「このゲームをやってから始めようかと……」

「そしたら姉ちゃんがこれ取ってくれたんだぜ！　スゲーだろ！」

元太は悪びれる様子もなく得意げにイルカのキーホルダーを見せた。

「じゃあ本格的に聞き込みを始めましょうか」

「うん、始めよー！」

（オイオイ、これからかよ……）

光彦と歩美の言葉に、コナンはため息をついた。

「どうやらこのエリアも私たちがやった方がよさそうね」

灰原の冷静な判断に、コナンもうなずく。すると、「お〜い！」とどこからか阿笠博士の呼ぶ声が聞こえてきた。

「ここじゃ〜、ここ、ここ！」

振り返ると、先ほどコナンたちが下りてきた階段から阿笠博士が手を振っている。

「観覧車が空いてきたぞ。乗るなら今がチャンスじゃ〜！」

「マジかよ！」

阿笠博士を見上げた元太が目を丸くした。

「じゃあ観覧車に乗ってから始めよっか」

「いいですね。景色を見たら何か思い出すかもしれませんし」

「よ〜し！　姉ちゃん、観覧車乗りに行こうぜ！」

元太がそう言って女の手を引っ張ると、歩美がお尻を押した。女は驚きながらも楽しそうに子どもたちと観覧車へ向かう。

「つたく……」

コナンがあきれると、灰原はフッと笑った。

「ま、観覧車好きの博士に付き合ってあげましょ」

「一番乗りたがっているのは博士ってわけか……」

満面の笑みでピースサインをする阿笠博士を、コナンは再び見上げた。すると横にいた灰原はゲームコーナーの係員に近づいていった。

「すみません。さっきダーツをしていた女性に見覚えはありませんか？」

「え？　さっきの銀髪の女性のことかな？」

「うん！　お兄さん、知らない？」

遅れてカウンターに駆け寄ったコナンがたずねると、係員は「う〜ん……」とあごに手を当てて首をひねった。

「見覚えないなぁ。あれほどの腕前のお客さんは忘れるはずがないからねぇ」

そう言って係員は、背後にあるダーツの的を振り返った。女が放った三本のダーツの矢は、全て中央の小さな黒い円（ダブルブル）に刺さっている。

（全てがダブルブルに……まぐれでできることじゃねえな……）

コナンが三本の矢を鋭い目で見ると、険しい顔をした灰原が小さくうなずいた。

あの女、只者じゃない……。

灰原は胸騒ぎを覚えた。すると、係員が「あ、そうだ」と身をかがめてカウンターの下をのぞき込んだ。

「これ、さっきのお友達に渡してくれるかな。色を塗る前の試作品が余ってたんだ」

係員はそう言って、カウンターの下から出した色の塗ってないイルカのキーホルダーをコナンに手渡した。

「あのお姉さんの分が足りなかったから、これでよかったらと思って」

「ありがとう、お兄さん」

コナンは礼を言うと、「行こうぜ、灰原」と歩き出した。灰原も後を追う。

「それで……次はどこへ？」

「残りの建設中エリアの聞き込みを終えたら、博士たちと合流しよう。今のダーツのこともそうだが、痕跡を探すより彼女と行動を共にした方が得策だと思う」

コナンをチラリと見た灰原の顔に、不安げな影がかすめた。が、嫌な予感を打ち消すかのように足早に進む。リニューアルした水族館の奥では来年オープンする深海水族館の建設が進められていて、巨大なクレーン車のアームがゆっくりと動いているのが遠くからでも見えた。

観覧車に向かった阿笠博士たちは、係員が立っている列の最後尾に並んだ。列は先ほどよりずいぶん短くなっていて、もう少しすれば観覧車の入り口に向かう動く歩道に乗れそうだった。

「ワクワクしますね〜」

「上に行ったら何が見えるかな」

「きっとベルツリータワー、見えるよ！」

記憶喪失の女の前に並んだ子どもたちが楽しげに会話をしていると、列の横からベルモットが近寄り、女性のすぐそばでさりげなく手すりにもたれる。

「こんなところで何を？」

ベルモットが小声で言うと、女は「⁉」と顔を上げた。

「帰りましょう」

言葉と同時に立ち去るベルモットを、女が不思議そうに見つめる。

「おーい、姉ちゃん。ボーッとしてると置いてっちまうぞ」

列が動いて前へ進む元太が声をかけると、女は「ごめんなさい」と何事もなかったように走り出した。その場を離れたベルモットが驚いて立ち止まり、振り返る。

「誰かに声をかけられたような気がして」

「え⁉　知り合いでもいたんですか？」

光彦に訊かれた女は首を横に振った。

「いいえ。私の勘違いだったみたい」

女が阿笠博士たちに追いつくと、動く歩道の前に立っていた係員が声をかけた。

「それでは皆さんおそろいですね。ここからエスカレーターですので、足元に気をつけていってらっしゃい」

「はーい」

子どもたちは元気よく返事をして動く歩道にのった。女も後に続く。

その姿を少し離れたところから見ていたベルモットは、耳に掛けた通信機のボタンを押した。

「計画変更よ。何かトラブルがあったみたい」

『急げ。野放しにはしておけねーからな』

「わかってる」

通信機を切ったベルモットは、水族館の方から歩いてくる客たちの中にコナンと灰原を見つけた。クルリと背を向け、静かに立ち去る。園内マップを見ていたコナンと、浮かない表情でうつむく灰原は、去っていくベルモットに気づかなかった。

「結局、建設中エリアも収穫なしか……。そろそろ博士に連絡入れてくれねーか、灰原」

「え？　何？」

と訊き返す灰原に、コナンは顔をしかめた。

「どうした？　さっきからボーッとして」

「そ、そうかしら……」

灰原があいまいに答えると、「お〜い、コナーン！　灰原〜！」と元太の呼ぶ声が聞こえてきた。二人はキョロキョロと辺りを見回す。

「こっちだよ〜！」「上ですよ、上〜！」

歩美と光彦の声がする方を見上げると、十メートルほどの高さにある動く歩道に乗っている子どもたちの姿が見えた。元太が手すりから体を乗り出して手を振っている。動く歩道の先には歩道の内と外を隔てるガラスの壁があって、元太のすぐ横に迫っている——！

「あっ！　危ない！」

「元太、戻れ!!」

灰原とコナンが叫ぶと、元太は「あ？　何でだ？」とますます体を乗り上げた。

「こ、これっ！」

阿笠博士が元太の肩をつかもうとしたとき、元太の体がズルリと前へ滑った。バタつかせた足が阿笠博士のあごを蹴り、動く手すりに運ばれた元太の体がガラスの壁にぶつかって前へ押し出される。

「元太!!」

落ちる——!!　コナンがアッと思った瞬間、子どもたちのそばにいた女が手すりを飛び越えた。手すりの下の壁にしがみついていた元太の手をつかむ。

「姉ちゃん、助けて〜」

女はすばやく周囲を見回し、再び元太を見た。

「江戸川君！」

「ああ！」

コナンはベルトのバックルに手をかけた。いつでもサッカーボールを出せるように射出ボタンに指を添える。

「もっ……もうダメだぁ……」

壁をつかんでいた元太の左手が離れた。すると――女はつかんでいた元太の右手を離した。

「うわぁ――!!」

元太が落下すると同時に、女はつかまっていたガラスの壁から手を離して飛び下りた。すぐさま壁を蹴り上げて大きくジャンプし、観覧車を支える巨大な鉄柱に向かって飛ぶ。鉄柱に着地した女は、その湾曲した面を一気に滑り落りた。そして再び大きくジャンプして落下する元太を空中でキャッチすると、元太を抱きかかえてスカート状に傾斜した壁を回転しながら下りてきた。

「大丈夫か!?　元太!!」

コナンと灰原が駆け寄ると、女は気を失っている元太の肩をつかんで叫んだ。

「元太君！　大丈夫!?　しっかりして!!」

その切迫した顔を見たとたん――灰原の心臓がドックンと大きく波打った。

女から感じる、ゾクリとした独特な感覚。昔の記憶を呼び起こすこの感覚は、まさか――。

女が必死に声をかけると、やがて元太が目を覚ました。

「あれ？　どうして姉ちゃんが……」

「よかった。無事で……！」

女はホッとした表情で、元太の頰に手をやる。その表情を見ていると、灰原の激しい鼓動が徐々に静まっていった。

「あ、そっか。オレ、上から落っこちたんだ！」

元太がようやく状況を理解すると、係員たちが駆けつけてきた。

「大丈夫ですか⁉　おケガはありませんか⁉」

「姉ちゃんが助けてくれたから大丈夫だぞ！」

よかった、と係員が胸をなで下ろす。

「念のため、医務室の方へお出でください」

「え〜、オレいいよ。痛くねーし……」

元太が断ろうとすると、灰原は「ダメよ‼」と間、髪を容れずに言った。

「ちゃんと診てもらいなさい」

「そうだぞ。今は平気でも後で痛くなったら大変だろ？」

コナンに言われて、元太は「は〜い……」と仕方なさそうにうなずいた。女と元太が立ち上がると、一部始終を見ていたベルモットは隠れるように鉄柱の陰に入った。

自ら飛び降りて落下する子どもを空中でキャッチする、あの超人的な身体能力。女は自分が知っている人物に間違いなかった。けれど、子どもを助けるような性格ではないはず。そして、声をかけても反応がなかった――。

「……どういうこと？」

ベルモットは疑問に思いながら、医務室へ向かう女を見送った。


「はい、これで大丈夫ですよ」

「おぉ……ありがとうございます」

医務室で医師に絆創膏をあごに貼られると、阿笠博士は椅子から立ち上がった。そのとたん、

「あたたたた……」と顔をゆがめて腰に手を当てた。

「大丈夫ですか？」

「え、ええ……持病の腰痛が……」

係員に支えられる阿笠博士を見て、子どもたちは眉をひそめた。

「何で博士が一番痛がってるんですか～」

「なさけねーな」

「本当、子どもみたい」

「君らも年を取るとわかるわい」

阿笠博士が腰を叩きながら言うと、コナンはハハハ……と苦笑いをした。

「博士も大丈夫みたいですし、観覧車に乗りに行きましょう」

「うん、行こう」

「姉ちゃんも行こうぜ！」

元太の声で、阿笠博士を見ていた灰原はハッと女を振り返った。

「え、ええ……でも、やっぱり迷惑じゃないかしら……」

女はそう言って、左右で違う色の瞳をした目を少し細めた。それを見た瞬間――灰原の心臓がドックン……！　と波打つ。

「いまさら何言ってるんですか」

「姉ちゃんはオレの命の恩人だろ？」

「そうだよ。遠慮する必要なんてないよね、博士」

子どもたちが振り返ると、阿笠博士は「もちろんじゃとも」とうなずいた。

「すでにチケットを買ってしまっているしの～」

「んじゃ、乗りに行くか」

コナンが子どもたちと合流しようとすると、灰原が「待って！」と止めた。

「江戸川君、ちょっと話が……」

コナンが「ああ」と振り返ると、灰原はひどく深刻な顔をしていた。

「それじゃあ我々だけでも先に――」

阿笠博士が医務室を出ていこうとすると、灰原は「ダメよ!!」と叫んだ。

「待ってて、博士」

「お、おお……」

灰原の強い口調にとまどう阿笠博士の横で、子どもたちが「え〜」「どうしてなんでしょう」「つまんねーの」と口をとがらせる。

いつも冷静沈着な灰原が、さっきからどこか様子がおかしい――。

不安げにうつむく灰原を、コナンは険しい表情で見つめた。

医務室を出たコナンは灰原と近くのベンチに腰掛けた。向かいのベンチに座った阿笠博士は持っていたポップコーンを鳩たちにやり始めた。その横には子どもたちと女性が座り、集まってきた鳩たちを見ている。

「間違いないのか？　彼女がヤツらの仲間っていうのは」

コナンが確認すると、灰原は慎重な面持ちでうなずいた。

「絶対にそうとは言えないけど……でも、あなたも感じたでしょ？」

三本のダーツの矢を全て的の中央の小さな円に命中させ、落下する元太を飛び降りて空中でキャッチする――そんなことができる人間はめったにいない。いるとすれば……。

「それに、あの女の右目。今思えば、作り物のよう……」

女の黒い瞳を思い浮かべた灰原の背中に、ぞくりと悪寒が走る。作り物のような右目――灰原の言葉を聞いて、コナンはハッとした。

「作り物のようって、まさか！」

「そう。あなたが言う……黒ずくめの組織のナンバー2、ラム……」

コナンは、以前、水無怜奈から赤井秀一に届いたメールを思い出した。

彼女が送ったメールに書かれた〈RUM〉の三文字。ヤツらのコードネームだ。

赤井が組織にいた頃、二、三度名前を耳にしたという、組織のボスの側近。灰原も会ったことはないが、噂を耳にしたことがあるという人物――。

「彼女がラムだったとしたら、本当に記憶喪失なのか怪しいわ」

「確か……ラムは性別、年齢共に不明だったな」

コナンが言うと、灰原は「ええ」とうなずいた。

「組織にいた頃、噂で耳にした人物像は屈強な大男、女のような男、年老いた老人など十人十色。そして、何かの事故で目を負傷し、左右どちらかの眼球が義眼。あの女の目がオッドアイではなく、義眼だったとしたら……」

前かがみになった灰原は胸の前で両手を組んだ。その手が微かに震えている。

「なるほど……記憶喪失も芝居ってわけか。だがなぜ、オレたちに近づくのにそんな芝居をする必要がある？」

ベンチの前に立ったコナンが見ると、灰原は「そ、それは……」と顔を上げた。

「確かに彼女の身体能力を見れば、組織の人間として警戒すべきだけど……もし本当に記憶喪失だったとしたら、そいつは逆に――」

「ダメよ！　絶対に記憶を戻してはダメ!!」

灰原は立ち上がって、コナンに詰め寄った。

「まさかあなた、あの女の記憶が戻ったら組織の情報が手に入る、そんなこと考えてるんじゃないでしょうね!?」

言い当てられたコナンは何も言えずにいた。灰原がさらに一歩詰め寄る。

「そんなことしたら私やあなただけじゃなく、あの子たちまで消されてしまうかもしれないのよ!?」

向かいのベンチを指差した灰原は、えっ――と目を疑った。阿笠博士と一緒に座っていた子どもたちと女がいないのだ。

「あの子たちがいない！」

「何やってんだよ、博士は！　――博士!!」

コナンと灰原が走っていくと、阿笠博士の周りにいた鳩たちが一斉に飛び立った。

「ああっ、ワシの鳩ぽっぽが〜〜〜」

「それどころじゃないわ、博士！」

「子どもたちはどこへ行った？」

駆けつけたコナンたちに言われて、阿笠博士はようやく子どもたちがいないことに気づいた。

「あれ？　いったいどこへ⁉」

まったく、とあきれる灰原の横で、コナンはすばやくスマホを操作して耳に当てた。


歩美と元太、そして記憶喪失の女と一緒に観覧車のゴンドラに乗っていた光彦は、スマホに表示された名前を見て、ゲッと声を出した。

「コナン君です！」

「出ない方がいいぞ」

「どうせ怒られるだけだよ」

元太と歩美に言われた光彦は、「そうですね！」とスマホをズボンのポケットにしまった。

「あっ、見て！　鳩さんが飛んできたよ！」

歩美に言われて光彦と元太が窓に顔を近づけると、鳩の大群が観覧車の前を横切っていった。

「本当だぁ」

「姉ちゃんも見えるか？」

「ええ。すごい数ね」

子どもたちの背後にいた女はそう言って、羽ばたいていく鳩たちを見つめて微笑んだ。

コナンは光彦に電話をかけたが、しばらく呼び出し音が鳴ったあと留守電に切り替わってしまった。

「クッソォ〜、あいつら……」

「たぶん観覧車よ。あの子たち、すごく乗りたがってたから」

「ああ、行こう！」

コナンと灰原が阿笠博士の横をすり抜けて観覧車の方へと走り出すと、

「またまた、ちょっと待っちゃやって〜！」

阿笠博士も必死になって二人を追いかけた。


子どもたちと女を乗せたゴンドラは緩やかに頂上へ向かって上っていった。

「お姉さんは何かスポーツをやってたのかもしれませんね」

光彦がそう言って振り返ると、女は「え？」と目を丸くした。

「じゃなかったら、あんなふうに元太君を助けられませんよ」

「そうかも。だってお姉さん、スタイルいいもん」

「スタイル？　そ、そうかしら……」

歩美に言われた女が自分の体を見つめると、光彦も「ええ。スーパーモデルみたいですよ」

とほめた。

「あー！　噴水がでっかくなったぞ!!」

元太の声に、光彦と歩美は窓の外を見た。観覧車の前の横一列に並んだ噴水が一斉に上がり、子どもたちを乗せたゴンドラの高さにまで迫る。

「どんどん上がってくる〜！」

「すごいですね」

「姉ちゃんも見えるか？」

「ええ、キレイね……」

高く上がった噴水は五色のスポットライトに照らされてキラキラと輝き、下の方では虹ができていた。

「皆さん、下を見てください。虹が出てますよ。ほら、お姉さんも前に来て！」

光彦に言われて女は窓に近づき、ゆっくりと下をのぞき込んだ。ゴンドラの真下からはスポットライトの五色の光が扇状に放たれている。

女は窓から下を見た瞬間、

「クッ！」

と頭を押さえた。ううう……とうめきながらその場にうずくまる。

「あっ、お姉さん！　大丈夫!?」

「どうかしたか⁉」

異変に気づいた子どもたちが声をかけると、女は頭を押さえながら「大丈夫よ」と答えた。

「少しめまいが……」

「きっと高いところが苦手なんですね」

と言う光彦の横で、元太は窓を振り返った。

「おっ！　もうすぐ一番上に着くぞ！」

「ホントだ！」

子どもたちを乗せたゴンドラが頂上に近づくと、噴水がさらに上がり、スポットライトの五色の光が左右に動き、広がったり交差したりした。

「ちょうど真ん中に来たぞ」

「すごーい！　スポットライトが重なった！」

「キレイですね～」

重なった光はまた左右に動き、白、橙、青、緑、赤の光が扇状に広がった。その光の束が女の瞳に映る――。

「う、ううう……」

女は目を閉じた。そして再び目を開けると――小さくなった瞳孔が震え出した。

「ううう……グアアアア――‼」

頭を抱えて苦しみ出したかと思うと、頭を振りながら座席の上に倒れ込む。

「おいっ！　しっかりしろよ！」

元太はすばやく駆け寄って、うずくまる女の肩に手をかけた。

「頭がいてーのか？」

「……ノ……ノックは……」

頭を抱えた女が、絞り出すような声でつぶやく。

「歩美、光彦！　どうしよう、姉ちゃんが変なこと言ってっぞ!!」

「何か思い出したのかも！」

スマホで助けを呼ぼうとしていた光彦は、歩美にスマホを渡して手帳をポケットから取り出した。

「歩美ちゃん、コナン君に電話してください！　――元太君、お姉さんは何て？」

「何か、ドアを叩けって……」

「ドアですか!?」

光彦が手帳にメモしようとすると、女がうめきながら再びつぶやいた。

「うう……キール……バーボン……」

「ほら、また何か言ってんぞ！」

「静かにしてください、元太君」

「……スタウト……アクアビット……リー……スリング……」

光彦が女の言葉を手帳に書くそばで、コナンに電話をかけた歩美は、

「お願い……早く……！」

呼び出し音を聞きながら、祈るようにつぶやいた。


コナンと灰原が観覧車に向かっていると、ポケットに入れたコナンのスマホが震えた。突然コナンが立ち止まり、灰原も足を止めて振り返る。

「どうしたの!?」

「電話だ！　もしかしたら……やっぱり……！」

スマホの着信画面には光彦の名前が表示されていた。灰原にスマホの画面を見せて、応答ボタンをタップする。

「光彦！　おまえな～!!」

電話に出るなり叱りつけると、

『コナン君、助けて！』

光彦ではなく歩美の切迫した声が聞こえてきた。

「歩美か？　どうした!?」

『観覧車に乗ってたら、お姉さんの具合が悪くなっちゃって……！』

「何？　それで彼女の容体は？」

『え、えっと……頭を押さえて苦しんでるよ。何か言ってるんだけど、意味がわからなくて、光彦君がメモしてくれてる……』

光彦の機転を、コナンはたのもしく感じながら、「わかった」とこたえた。

『コナン君、お願い。早く助けて！』

「落ち着け、歩美。おまえたちは無事なんだな？」

『う、うん』

コナンが「よし！」と振り返ってうなずくと、そばにいた灰原は胸をなで下ろした。

「すぐに救急車を呼んでやっから、電話はそのまま切らずに彼女の様子を伝え続けてくれ！」

4

佐藤警部補の車が水族館の駐車場に到着すると、停まっていた救急車のバックドアが開き、救急隊員がストレッチャーを運んでいった。その近くでは、コナンと灰原、子どもたち、阿笠博士が立っていた。

「コナン君！　例の女性は⁉」

助手席から出てきた高木巡査部長がたずねると、コナンは医務室の方を指差した。

「今、医務室から運ばれるところ！」

「高木君、行きましょう！」

「はい！」

佐藤と高木が走り出し、

「灰原、博士！　あと頼む！」

コナンも医務室に向かう。

「じゃあオレたちも！」

「ダメよ‼」

灰原はコナンの後を追おうとする元太たちを制止した。

「絶対にダメ‼　さあ帰るわよ！」

子どもたちは灰原の鬼気迫る顔にびくつき、「はぁ〜い……」と肩を落とした。


医務室が入っている建物の前で、ベルモットは扉に背を向けて立っていた。近づいてくる足音に気づき、チラリと扉の方を振り返ると、刑事たちに続いてコナンが入っていくのが見えた。

フッと微笑み、コナンの後を追う。

「失礼します」

コナンたちが医務室に入ると、部屋の奥のデスクに向かっていた医師が振り返った。

「どうぞこちらへ」

「先ほどお話ししたとおり、彼女の身柄は我々警察が保護させていただきます」

佐藤は医師に促されて隣の椅子に座った。その後ろに高木とコナンが立つ。

「それは構いませんが、これから彼女が搬送される警察病院の方に伝えていただきたいことがありまして」

「何でしょう？」

佐藤がたずねると、医師は指し棒を伸ばし、壁の発光板に差し込まれた脳のレントゲン写真を指した。

「記憶を失っているのは頭部への強い衝撃が原因と見て、まず間違いないんですが、それよりも脳弓の部分に大変珍しい損傷が見つかりまして……ちょうどこの部分です」

「昨夜の事故でのケガではなく？」

佐藤の言葉に、コナンは目を見張った。

女が大規模な停電を起こした首都高の事故と関係があると、警察もにらんでいるのか――。

「ええ。これはおそらく生まれつきのものだと……」

「今回の発作との関係は？」

高木の質問に、医師は首を横に振った。

「日常生活に支障のある部分ではないので関係ないと思いますが……」

医師の説明を聞いたコナンはうつむいて考え込んだ。その背後で扉の隙間から様子をうかがう人物がいた。ベルモットだ。

「わかりました。伝えさせていただきます。では――」

佐藤が立ち上がろうとすると、医師が「あ、待ってください」と止めた。

「それと、もう一つ。検査のときにわかったんですが、彼女の右目にこれが……」

そう言って、デスクに置かれたステンレスのトレイを見せる。トレイには黒いコンタクトレンズのようなものがのっていた。

「何ですか、これは」

「カラコンみたいだけど……」

「ええ、黒い瞳に見せるためのカラーコンタクトレンズですね。まあ、これに関しては記憶喪失や発作とは全く関係がないことなんですが、念のためにお伝えさせていただきました」

「ご協力ありがとうございます」

礼を言う佐藤のそばで、コナンはデスクに置かれたトレイを見つめた。

（ってことは、オッドアイや義眼だと思ったのは、オレたちの勘違いだったのか……）

ならば、彼女はラムではないのだろうか？　でも、なぜ右目だけ黒のコンタクトレンズを着けていたんだろう。もしかして、左目のレンズはどこかで外れたのか……？

コナンが疑問に思っていると、扉が開いて救急隊員が「失礼します」と入ってきた。

「搬送の準備が整いました」

扉の向こうには、ストレッチャーに乗せられた女と別の救急隊員が待機している。

「では我々もこれで」

「ありがとうございました」

佐藤と高木は医師にお辞儀をして扉に向かった。一人残っているコナンに、医師が「あれ？」と気づく。

「ボクは一緒に行かなくてもいいのかい？」

コナンは扉が閉まるのを確認してから「うん」と答えた。

「先生にもう一つだけ訊きたいことがあって」

「何だい？」

「さっきのカラコンのことなんだけど、片方だけ黒く見せてたってことは、お姉さんの両目は元々青だったんだね」

「それが、右目だけ透明だったんだよ」

「透明……？」

コナンが訊き返すと、医師は「いや、透明に見えると言った方が正しいかな」と言い直した。

「非常に珍しいことなんだけどね。眼球の色がついている部分を虹彩と言うんだけど、それが眼球の一番外側にある膜――強膜とほぼ同じ色をしていることによって、透明のように見える人だと思うよ」

医師の説明を聞いたコナンはうつむいて考え込んだ。

(やはり、左右の瞳の色が違うってことには変わりねーのか……)

「ちょっと難しかったかな。もう少しわかりやすく説明すると……」

「先生、今日はいろいろありがとうございました」

コナンが椅子から立ち上がると、医師は「えっ、もういいの？」と驚いた。

「うん。じゃあね～」

と医師に手を振りながら扉に向かおうとすると――バンッ!!　いきなり扉が開いた。

「ここか～！　オレの依頼人がいるのは!!」

現れたのは、息を切らした小五郎だった。が、すぐに背後から警備員に羽交い絞めにされてしまった。

「お客様！　ここは関係者以外立ち入り禁止です！」

「だから、オレは関係者だって言ってんだろーがぁ！」

「小五郎のおじさん！」

コナンが声をかけると、小五郎は「!?」と目を見開いた。

「何やってるの？」

「小僧っ、ちょうどよかった！　オレの美しい依頼人はどこだ!?」

どうやら小五郎はコナンが蘭に送った女の写真に一目ぼれして、すっ飛んできたらしい。

「もういないよ。さっき警察病院に搬送されていったから。それに、お姉さんは依頼人じゃないよ」

「何!?」

「蘭姉ちゃんの言うことをちゃんと聞いてなかったでしょ」

コナンはそう言って医務室から出ていった。警備員が羽交い絞めにした小五郎をジロリとにらむ。

「まだこちらに御用がおありですか？」

「い、いいえ……」

小五郎は苦笑いしながら言った。

水族館の駐車場で待機していた救急車は、女性をのせたストレッチャーが運び込まれるとすぐに赤色灯をつけて走り出した。

「どうしたんだろう？」「さあ……？」

足を止めて救急車を見ていた人々が散り出すと、ベルモットは耳に掛けた通信機のボタンを押した。

「様子がおかしいと思ったら、どうやら記憶喪失のようよ」

『!?　それで今どこに？』

ドイツにいるジンもさすがにこの不測の事態に驚いたようだった。

「警察病院に運ばれたわ」

『警察も動き出したというわけか……』

「ええ。それと、気になったことが……」

ジンに『何だ？』と訊かれて、ベルモットは駐車場からも見える観覧車を振り返った。

「どうやら観覧車に乗っているときに発作を起こしたようなの」

『発作だと……？』

「ええ」

『わかった。おまえは引き続き監視を続けろ』

「了解」

ベルモットは通信機を切ると、出口の方へ歩き出した。

ドイツの首都ベルリンを東西に横切るシュプレー川に架かる橋の上にいたジンは、スマホを切ると背後に停められた車に向かって歩き出した。

「観覧車で発作……まさかな……」

「久しぶりね、ジン」

黒いスーツに身を包んだ大柄な男――ウォッカと共に車から出てきた女がドイツ語で話しかけた。

「あなたが出てくるなんて、今回の任務はそんなに困難なものなの？」

「なぁーに……すぐにカタは付く」

肩をすくめてドイツ語で答えたジンは、女を見てニヤリと笑った。

「おまえの協力があればな」

水族館から戻ってきた子どもたちは、阿笠博士と一緒に毛利探偵事務所の下にある喫茶『ポアロ』に来ていた。

「何で灰原はあんなに姉ちゃんのこと嫌ってんだ？」

水族館での灰原の様子を思い出した元太が首をかしげると、光彦は「そうですねぇ」と相づちを打った。

「今までになく怒ってましたからね〜」

子どもたちが女の様子を見に医務室へ行こうとしたときの灰原は、今まで見たことがないくらい怖い顔をして怒っていた。

「博士も何で怒ってるか知らないの？」

歩美がたずねると、阿笠博士は「ああ、そうなんじゃよ」と頭をかいた。

「原因を訊こうとしても、具合が悪いと言って帰ってしまったからのぉ」

「歩美ちゃん。博士に訊いても無駄ですよ」

「そうだぞ。博士はいっつも怒られてっからな」

光彦と元太の言葉に歩美が「そうだね」と納得すると、阿笠博士はトホホ……とうなだれた。

が、すぐに「そうじゃった！」と頭を上げる。

「これをコナン君から預かっとったんじゃ」

そう言ってジャケットのポケットからイルカのキーホルダーを取り出し、テーブルに置いた。

「あっ、これってダーツのところでもらえるお人形だね」

「でもこれ、なんで色が塗ってねーんだ？」

「ああ……コナン君が何か言っとったが、忘れてしもうた」

ばつが悪そうに阿笠博士が笑うと、歩美は「ええ〜」と非難の目で見た。

「もういいですよ。直接訊きますから」

光彦が言うと同時に、阿笠博士のスマホが鳴った。

「おっ、噂をすればコナン君じゃ」


小五郎と一緒にタクシーに乗ったコナンは、高速道路に入って助手席の小五郎がいびきをかいて寝てしまうと、阿笠博士に電話をかけた。

「博士っ、まだ子どもたちと一緒か？」

『ああ……今ポアロでお茶をしとったところじゃ』

「じゃあきいてほしいことが――」

『それより、あの女性は大丈夫じゃったのか？』

「ああ。警察病院に搬送されたからな。もう大丈夫だ」

おそらく子どもたちに訊いてくれとせがまれたのだろう。コナンはフッと微笑んだ。

スピーカーモードで子どもたちと一緒に聞いているらしく、電話の向こうからは『よかった～』『お見舞いに行かねーとな』と子どもたちの喜ぶ声が聞こえてくる。

『それで、きいてほしいことって？』

「彼女が持ってたスマホの内部データの修復をしてほしいんだ」

『それは構わんが、完全に修復できるとは限らんぞ』

「ああ……それと、観覧車であの女性が発作を起こしたとき何か言ってたみたいなんだけど、その内容を知りてーんだ」

コナンが言うと、光彦が『あっ！』と叫んだ。

『それなら途中からですが、ちゃんとメモってありますよ。え～と……スタウト、アクアビット……それと、リー……スリングって言ってました』

三つの単語を聞いた瞬間——コナンは全身に電気が走ったようにビリッと震えた。

『どういう意味なんでしょう……わかりますか、コナン君』

スタウト、アクアビット、リースリング——。それはいずれも酒の名前だ。

酒の名前といえば、黒ずくめの組織のコードネーム——。

（……まさか……）

嫌な予感がする。

「博士！　ポアロにいるんだったな!?　じゃあ安室さんに代わってくれ！」

ポアロのアルバイト店員、安室透――彼の正体は、黒ずくめの組織に潜入中の公安警察官だ。

彼に訊けばわかるかもしれない……!!

『安室さんか？　そういえば今日は見とらんのぉ』

『安室さんなら今日は休みですよ』

阿笠博士に続いて、ウェイトレスの榎本梓の声が聞こえてきた。

『今朝突然休ませてほしいって電話がかかってきてそれきり……何度か折り返したんですけど、繋がらないから心配で……』

阿笠博士が『だそうじゃ』と付け足す。

『何もなければよいが心配じゃのぉ』

険しい表情をしたコナンは、耳に当てたスマホを下ろした。

(安室さん……まさか……)


イギリス・ロンドン――。

ウェストミンスター宮殿の一角にある大時計台〈ビッグベン〉が十九時を告げる鐘を鳴らし、留まっていた鳩たちが一斉に飛び立った。

通信機を耳に掛けた黒スーツ姿の男が、観光客でごった返すトラファルガー広場を突っ切った。国会議事堂へと繋がるホワイトホールと呼ばれる通りに出ると、バス停に停車していた二階建てバスに乗り込む。

バスはすぐに扉が閉まって走り出した。男は一階席には目もくれず二階へと上がった。二階席の前方は客で埋まっていたが、後方は誰もいない。男は最後列の席に座り、耳に掛けた通信機のボタンを押した。

「こちらスタウト。バスに乗ったぞ」

『そのまま指示を待て』

「了解」

男が息をつくと、やがてバスはゆっくりと左折した。右斜め前方にビッグベンが見えてくる。

そのとき——ビッグベンの巨大な文字盤の上から一発の銃弾が放たれた。バスに向かってまっすぐ突き進み、スタウトのこめかみを貫く。

スタウトは声も上げずゆっくりと前へと倒れた。前方に座った客がドサッと倒れ込む音に気づいて振り返り、悲鳴を上げた。

「うわぁ！」

「おいっ！　大丈夫か⁉」

「人が倒れたぞ！　運転手に伝えてくれ‼」

ビッグベンの時計の上部にある鐘の前で、サングラスに帽子をかぶった男がライフル銃を構えていた。黒ずくめの組織の凄腕スナイパー、コルンだ。

コルンはライフル銃のスコープをのぞき、二階建てバスで倒れたスタウトを確認した。

「スタウト……オレ、信じてた……残念……」

そうつぶやくとライフルを下ろし、耳に掛けた通信機に手を当てる。

「スタウト……死んだ」

『OK。すぐに戻って』

ベルモットの声を聞いたコルンは「わかった」と言って、巨大な鐘の陰に消えた。


カナダ・トロント――。

高層ビルが立ち並ぶダウンタウンで、針のように空へとそびえ立つ建築物があった。かつては世界一の高さを誇ったCNタワーだ。

地上三百五十六メートル地点にある展望台の屋根に、オレンジ色のつなぎを着た七人の男女が立っていた。屋根の上部をグルリと一周するレールからぶら下がったケーブルにハーネスを繋ぎ、屋根に掛かった狭いプラットフォームを一列になって歩いている。誰もがその高さに圧倒されて足がすくむ中、先頭のガイドの男は地面の上を歩くかのようにスタスタと歩いていった。

「このCNタワーは開業から三十二年間、世界で最も高い塔だったんですよ。そしてこのエッジウォークは百十六階部分に当たり、何と高さは三百五十六メートル！」

男はそう言ってプラットフォームの縁に立ち、真下をのぞき込んだ。観光客たちから短い悲鳴が漏れる。

「どうです？　皆さんも少し身を乗り出して下をのぞいて――」

男が観光客に顔を向けていると――突然、背後からヘリコプターのローター音が聞こえてきた。

「あ、ヘリコプター！」

「真っ黒のヘリなんて珍しいね」

観光客の声に、男は背後を振り返った。機体が漆黒の闇のように塗られたヘリコプターがタワーの近くを飛んでいる――。

「あのヘリ……まさか……」

男の表情が曇る。そのとき、ドッと男の体が大きく揺れた。胸に熱いものを感じて、下を見る。

「あっ……ああ……」

つなぎの胸の部分に染み出た赤い血がみるみる広がっていった。

プラットフォームの縁に立っていた男は力なく前へと崩れた。ハーネスに繋がっているケーブルがピンと張り、男の体が大きく外側に傾く。空中に身を乗り出して宙吊りになった男に、観光客から歓声と拍手が起こった。だらりと伸びた男の袖口から血が流れていることに誰も気づいていなかった――。

黒いヘリの開いた扉から足を投げ出して座った女は、蝶のタトゥーがある左目を開けてライフル銃のスコープから目を離した。ヘリコプターは大きく旋回して、CNタワーから徐々に離れていく。コルンと双璧を成す優秀なスナイパー、キャンティは宙吊りになった男を見てフッとあざ笑った。

「ざまあないね。スパイにふさわしい死に様だよ」

吐き捨てるように言うと、ヘッドセットのマイクを口元に近づけた。

「アクアビットを始末したよ」

『さすがね。すぐに戻って』

ベルモットの声が聞こえてきて、キャンティはチッと舌打ちをした。

「あんたに言われなくてもそうするさっ」

夕日を反射して水面がキラキラと輝くシュプレー川を、一隻の遊覧船がゆっくりと進んでいた。橋をくぐると、やがて左手にベルリン大聖堂が見えてくる――。

大聖堂のある中州には五つの博物館・美術館があった。その中の一つ――ギリシャ神殿のような外観をもつペルガモン博物館の裏を走っていく女がいた。

サイレンサー付きの銃がピシュッと微かな音を立て、女の足元に弾を撃ち込む。女は足を止めた。

「おいおい。どこまで行くつもりだ？　猶予は一分と伝えといたはずだぜ」

銃を構えたウォッカが言うと、女はにらみつけた。

「言ったはずよ。私はノックではないと!!」

「ならば、白黒つけようじゃないか」

背後から声がして、女はハッと振り返る。建物の陰からジンがゆらりと歩み寄ってきた。

「なぁ、リースリング」

長い前髪からのぞいた目がギラリと光り、女――リースリングは身を強張らせた。ジンが三人の横を流れるシュプレー川を見る。

「向こう側とこちら側、立場をハッキリさせようか」

ジンもリースリングに銃口を向ける。

「おまえの他に我々の中に紛れ込んでいるネズミの名前を吐け！」

ウォッカは、リースリングを見て言った。

「さっさと吐いちまえよ。苦しみたくねーだろ？」

「何度も言わせないで！　私はノックじゃない。——脅しても無駄よ、ジン‼」

再び前を向いたリースリングに、ジンがニヤリと笑う。

「脅し……？　オレがそんなかわいいことをすると思うか？」

「‼」

その残忍で冷酷な目と冷ややかな口調に、リースリングの身の毛がよだつ。

「五秒前」

ウォッカのカウントダウンと同時に、リースリングの左足が一歩下がった。すばやく左に回り、川に向かってダッシュする——。

「四、三、二……」

ジンは追うことなく冷静にカウントダウンをしながら、銃口の向きを変えた。

「ゼロ！」

ジンが放った銃弾が、川へ飛び込もうとしたリースリングの頭に命中した。バシャン……と川に落ちる音がして、水面に血が広がっていく——。

リースリングの体が浮かび上がると同時に、その横を遊覧船が通った。船の立てる波が血と死体を覆う。川岸の名所に注目しているクルーズの客たちは、額を撃ち抜かれた女の死体に気づくことはなかった。

遊覧船が通り過ぎると、ウォッカは川岸に歩み寄った。水面に浮かぶ死体を確認し、ジンに向かってうなずく。

「行くぞ。急げ」

と歩き出すジンに、ウォッカは「どちらへ？」とたずねた。

「日本だ」

「!!　まさか!?」

「……残るは二人……」

そうつぶやいたジンは、フッと口の端を持ち上げた。

5

ファミレスの駐車場に停められたジョディの車の後部座席に乗っていたコナンは、ジェイムズから三枚の写真を見せられた。二人の外国人男性と一人の外国人女性が写っている。

「イギリスのMI6、カナダのCSIS、ドイツのBND……各国の諜報部員が次々と暗殺された」

「!! まさか――」

コナンが写真から顔を上げると、ジェイムズは「うむ」とうなずいた。

「彼らの共通点は、例の組織に潜入していたこと」

「やはり黒ずくめのヤツらによって……」

コナンが言うと、助手席のキャメルは後部座席を振り返った。

「組織の工作員が警察庁からデータを盗んだ疑いがあると、赤井さんから報告を受けていたんですが……」

運転席のジョディが「ええ」と眉をひそめる。

「まさかこんなに早く動くなんて……」

（組織の工作員……）

コナンの頭に東都水族館で出会った女性が思い浮かんだ。

「ジョディ先生。ボクを呼び出したのは、その工作員と思わしき人物と接触したからなんだよね？」

「ええ」

「やっぱり。でも、彼女は記憶喪失で……記憶媒体となりうるスマホも壊れていたよ」

「スマホ――!?」

後部座席に乗っていたジェイムズはシートに手をついて身を乗り出した。

「彼女が持っていたのかい？」

コナンは「うん」とうなずいた。

「ベンチに放置していったんで、預かってたんだ。今、博士に頼んで直してもらってるよ」

「それならＦＢＩ本部に送って解析した方が……」

「そうだな」

キャメルとジェイムズが言うと、コナンは「待って！」と叫んだ。

「博士はもうすぐ復元できると言ってたから、このまま進めてもらった方が早いよ！」

ジェイムズがうむ、とうなずく。

「では、解析できしだい教えてほしい。どこまでの情報が漏洩したのか一刻も早く把握しなければ、世界中がパニックに陥る……」

後部座席の窓にジェイムズの険しい横顔が映る。

世界中がパニックに陥るほどの情報とは一体どんなものなのか……？

「世界中って……どんなデータが盗まれたの？」

コナンがたずねると、ジョディが口を開いた。

「ノンオフィシャルカバー……」

その言葉を聞いたとたん――コナンの心臓が凍りついた。

Non Official Cover――通称ノック。

「それって……」

「そう……ノックリストよ」

「警察庁がつかんでいる世界中のスパイのリストだ」

ジョディに続いてキャメルが言うと、コナンは険しい顔でうつむいた。

「ってことは……組織に潜入しているスパイが全員殺される――」

コナンの頭にまっさきに浮かんだのは――水無怜奈と安室透だった。

「それだけではない」

ジェイムズの言葉に、コナンはハッと顔を上げた。

「各国に散らばるスパイが組織によって公開されたら、世界中の諜報機関が崩壊するかもしれん」

「それって、ヤツらが諜報戦争の要を握ったってことなんじゃ……」

コナンが言うと、ジェイムズの顔が一層険しくなった。

「そう。となると、今回の三件の暗殺は単なる始まりに過ぎんかもしれん……」

車内に重苦しい空気が流れて、ジェイムズ以外の三人は奥歯を噛み締めてうつむいた。

ノックリストの情報がどこまでヤツらに漏れたのかわからない。もしすでに暗殺された諜報部員以外の情報が全てヤツらに渡っていたら、ジェイムズが言うとおり世界中がパニックになる――。

解析を急がなければ――コナンは女のスマホに盗まれた情報が残っていることを願った。

記憶喪失の女が搬送された東都警察病院の駐車場に白のRX―7が入ってきた。空いていたスペースにバックで駐車をすると、運転席に座った安室は風見に電話をかけた。

「ああ、そうだ。東都警察病院だ。もしものときは構わん。頼んだぞ、風見」

安室は覚悟を決めた表情で電話を切り、ドアを開けて車から出た。すると、病院の方から一人の女性が歩いてきた。

「‼」

それはベルモットだった。大きなつばの帽子をかぶったベルモットは、ジャケットを左腕にかけて近づいてくる。

「バーボン。なぜあなたがここに？」

「もちろん、あの人を連れ戻すためです」

安室が答えると、ベルモットはフッと口の端を持ち上げた。

「てっきり記憶が戻る前にあの人の口をふさぎに来たのかと……」

「なぜ僕がそんなことを？　言っている意味がよくわかりませんね」

「じゃあどうやって接触するつもり？　あの人は厳重な警備の下、面会謝絶よ。それともあなたならあの人に簡単に会えるのかしら？　たとえば警察に特別なツテがあるとか」

「さっきから何の話をしているんですか？」

あくまでしらを切る安室に、ベルモットは「まあいいわ」と追及をやめた。

「立ち話も何だし、場所を変えましょう」

そう言って左腕にかけたジャケットを少しずらす。ジャケットの端から銃の先に付けるサイレンサーが見えた。

「……それが組織の命令だというのなら、仕方ありませんね」

銃を突きつけられた安室は、言われるままに自分の車に乗り込んだ。

東都警察病院の横を走る道路に、路線バスが停まった。バスから次々と人が降りてきて、ぞろぞろと病院の方へ歩き出す。最後に降りてきたのは元太、光彦、歩美の三人だった。

「本当に来ちゃいましたね」

「だけど、哀ちゃんとコナン君に内緒で来てよかったのかなあ……？」

歩美が不安げな顔をすると、元太は「いいよ！」と強く言った。

「あいつらに言うと絶対にダメッて言うからな！」

「とりあえず行ってみましょう。本当に入れるかもわかりませんし」

光彦が先に走り出し、元太と歩美も「おう」「行こー行こー」と後を追った。

子どもたちが病院の入り口へ向かう横を、白のRX―7が通り過ぎる。そして駐車場の出入り口で一時停止をすると、右折して道路に出た。

バス停から少し離れたところで車を停めていた赤井は、病院の駐車場から出てくるRX―7を確認した。

「!!」

安室の車の助手席にベルモットの姿が見えて、赤井はクッ……と唇を噛んだ。

警察病院の中に入った光彦は受付に向かい、元太と歩美はロビーの中央にある大きな観葉植物の前で待った。

「どうだった？」

受付から戻ってきた光彦に歩美がたずねると、

「ダメですね。誰も会えないみたいです」

ガッカリした顔で言った。

「マジかよ！」

「そんなに具合悪いのかなぁ」

「これは確かめてみる必要がありますね」

光彦はそう言ってポケットからスマホを取り出した。

「え？　どうやって？」

「これです！」

スマホの画面を見せられた元太と歩美が「あ！」「そっかぁ！」と目を輝かせる。画面には
高木刑事の電話番号が表示されていた。

「そう。ボクたちの強い味方です！」


ジョディたちと別れたコナンは、スケボーに乗って阿笠博士の家に向かった。

「博士！　スマホの修復は⁉」

作業室のドアを開けると、博士はパソコンに向かっていた。机の上には、壊れたスマホの基板にコードが繋げられている。

「最新の送信データだけならなんとか修復できそうじゃ」

「頼む。急いでくれ」

コナンはそう言うと、ポケットからスマホを取り出した。内蔵アンテナを引っ張り出し、テレビを起動する。ちょうど水無怜奈がアナウンサーを務めるニュース番組が始まる時間だ。

『それではイブニングニュースです。本日より復帰予定だった水無アナウンサーですが、突然の体調不良により復帰が延期されました』

スタジオに怜奈の姿はなく、キャスターの横には代わりの女性アナウンサーが座っていた。

（ヤベェ……）

コナンの胸の中で重苦しい塊がじわじわと膨らんでいく。

（安室さんに続いて水無さんまで……まさかすでに……）

高木刑事の計らいで病棟のある階に上がった子どもたちは、エレベーターホールに置かれたソファに座り、オセロゲームをしながら高木が戻るのを待っていた。

「高木刑事！」

病室の方から戻ってきた高木をいち早く見つけた元太が立ち上がる。

「ホントだ。やっと戻ってきた～」

歩美はオセロの石を置き、元太たちと高木の元へ駆け寄った。

「姉ちゃんは⁉」

「会えそうですか⁉」

大きな声で訊いてくる子どもたちに、高木は慌てて「シィ～！」と人差し指を口に当てた。

「静かに！　君たちは内緒で入ってきてるんだから」

「誰に内緒だって？」

背後から目暮の声がして、高木はビクッと肩を震わせた。

「あ、すみません。つい、いつもの流れで……」

お人好しな高木はコナンや子どもたちに頼まれるとつい内緒で協力してしまうのだが、今回はきちんと目暮の了承を得ていたのだ。

「あ、お姉さん！」

子どもたちは目暮とその部下たちに付き添われて歩いてくる女を見つけた。その穏やかな表情を見て、ホッと胸をなで下ろす。

「よかった、元気そうで」

「もう頭は痛くねーのか？」

「ええ、もう大丈夫よ。ありがとう」

女が微笑むと、目暮は子どもたちを見た。

「本来ならば会わせるわけにはいかんのだが、彼女も君たちには心を許しているようだから、記憶回復の手助けになるかもしれんな」

「本当か!?」

「やったあ！」

「ありがとうございます！」

子どもたちが大いに喜んでいると、目暮は「ただし」と付け加えた。

「次の取り調べが始まるまでだぞ」

「は〜い！」

手を上げる子どもたちの横で、高木はフウ〜ッと肩の荷が下りたように息を吐いた。

子どもたちはエレベーターホールのソファに座り、オセロを再開した。元太の隣には女が座り、テーブルを挟んで歩美と光彦が並んで座っている。

「はい！」

歩美は白の石を打ち、隣の黒の石をひっくり返した。

「次はどこがいいかなぁ」

元太が悩んでいると、女は「そうねぇ」とオセロ盤を見た。

「ここどかどうかしら？」

「よし！」

元太は女が指差したマスに黒の石を打ち、挟まれた二つの白の石をひっくり返した。

「どうだ！」

と得意げに腕を組む。

「どうしよう」

「困りましたね……」

歩美と光彦が困っていると、

「やったな、姉ちゃん！」

元太は嬉しそうに言った。

歩美と光彦がオセロ盤を見つめて、う〜ん、と考え始めると、元太は「あ、そうだ！」とポケットに手を入れた。

「はい！　これ、姉ちゃんにやるよ」

ポケットから出したのは、阿笠博士がコナンから預かった色が塗られていないイルカのキーホルダーだった。

「これ……」

「ダーツのとこの人が後でくれたんだよ」

「好きな色を塗ってくださいって」

オセロ盤から顔を上げた歩美と光彦が言う。

「いいの？　本当にもらっちゃって」

「おう！　だって姉ちゃんは命の恩人だからなっ」

元太がニカッと笑うと、歩美はポケットから自分のキーホルダーを取り出して見せた。

「お姉さん。これでみんなとおそろいだね」

「ですね！」

「おう！」

光彦と元太も自分のキーホルダーを取り出す。

「ホントだ……おそろいね」

女は持っていたキーホルダーを子どもたちのキーホルダーに近づけた。それぞれ色は違うが、
同じイルカのキーホルダーだ。

「ありがとね。みんな」

女は嬉しそうに微笑んだ。

「ところでどんな色に塗るんですか？」

「赤？　ピンク？」

光彦と歩美がたずねると、元太は女のキーホルダーを見て、う〜ん、と考え込んだ。

「オレなら黒く塗ってシャチっぽくするけど、姉ちゃんは黒より白の方が似合ってると思うぞ」

意外な意見に、女は「え？」と驚く。

「髪の毛も白いし、白ならそのままでいいからお買い得だしよ〜」

「元太君、それ間違ってますよ」

「何かバーゲンセールみたい」

光彦と歩美に指摘された元太は、「いいじゃんかよ〜」と頬をふくらませた。そのやりとりを見て、女がフフフと笑う。子どもたちもつられてアハハハと笑い出した。ソファに手をついて足をバタバタさせながら笑っていた元太は、手をツルリと滑らせた。

「うわあ！」

ガッシャーン！

ひっくり返った元太の足がテーブルを蹴り上げ、オセロの石がバラバラに飛び散った。

「大丈夫ですか、元太君!?」

「ああ、わりぃわりぃ」

「みんな大丈夫？」

目暮たちとそばに立っていた佐藤が声をかける。女は散らばったオセロの石を黙々と戻し始めた。ソファに座り直した元太がガッカリする。

「あーあ、せっかく勝ってたのによ〜！」

「それはお姉さんのおかげでしょ」

「元太君は指示に従ってただけじゃないですか」

歩美と光彦に言われた元太は、「ま、まあな」と笑った。一同があきれていると、

「失礼します」

突然、スーツ姿の男性が近づいてきた。

「公安の風見です。ここの責任者は目暮警部と聞きましたが……」

短髪に精悍な顔つきをした風見は、メガネをかけた鋭い目で、子どもたちのそばに立っている刑事たちを見た。目暮が一歩前に出る。

「あなたが目暮警部ですか？」

「いかにも私が目暮だが……公安が警察病院に何の用かね？」

「そちらにいる女性を速やかに引き渡してもらいたい」

風見は元太の横に座った女を指差した。

「なぜかね？　我々にも捜査の権利はあるはずだが」

「その女性は警察庁に侵入した被疑者だ。その目的を聴取しなければならないんですよ」

そのやりとりを聞いていた女は、怯えるようにうつむいた。子どもたちが不安げに女を見る。

「わかっていただけたならすぐに身柄引き渡しの手続きを始めてもらいたい。あなたたちにそれを拒否する権限はないのだから」

高圧的な態度を取る風見を、目暮の部下たちはにらみつけた。目暮が「……わかった」とうなずく。

「ではこちらへ。申請書は用意してあります」

風見はそう言うと足早に歩き出した。目暮が後をついていく。

「姉ちゃん、どうなっちまうんだ？」

元太に訊かれた女は、「さあ……」と不安げに言った。取り調べるといっても、記憶を失ってしまったのだ。答えられることは何もないだろう――。

「さあ、彼女との面会はこれでおしまいよ」

「みんなも帰ろう」

佐藤と高木が促すと、子どもたちは、え～っ！　と不満げに声を上げた。

「あなたも病室に戻りましょう」

「はい」

女は差し出された佐藤の手を取って立ち上がった。

「あ、お姉さん！」

「行っちゃうんですか⁉」

「姉ちゃん！」

子どもたちが病室に向かう女性に駆け寄ると、女は立ち止まってポケットからイルカのキーホルダーを取り出した。

「ありがとう、みんな。これ、大切にするから……またいつかみんなで観覧車に乗ろうね」

「うん」

「絶対ですよ」

「乗ろーなっ！」

元太たちが泣きそうな顔で返事をし、女は優しく微笑みながらうなずいた。

「さあ行きましょう」

佐藤に促されて女が再び歩き出す。子どもたちは女の姿が見えなくなるまで見送った。

「お姉さん、大丈夫でしょうか」

「うん、心配だね」

「ああ……」

バラバラに飛び散っていたオセロの石は、いつの間にか女によって全てオセロ盤に戻っていた。全ての石は元太が散らかす前と寸分違わぬ位置に戻されていた。

スマホの解析に取り掛かっていた阿笠博士は、パソコンの画面をじっと見ていた。

進捗状況を示すプログレスバーが徐々に右へ伸びていき、１００％になると新しいウインドウが開いた。

「新一！　解析が終わったぞ!!」

「それで何て!?」

コナンが駆け寄ると、阿笠博士は「ちょっと待っとれ……」とコナンにも見えるようにパソコンのモニターを引き寄せた。「ホレ」

モニターにはスマホのメール作成画面が表示されていた。女が最後に送ったと思われる送信データだ。

〈ノックはスタウト、アクアビット、リースリング。あなたが気にしていたバーボンとキール〉

文章はそこで終わっていた。読み上げたコナンの目が大きく見開く。

バーボンは安室透、キールは水無怜奈のコードネームだ——。

「クソォ！　やっぱり……!!」

コナンはぎりりと悔しげに奥歯を噛み締めた。

「博士！　大至急そのメールの送信先の解析を頼む!!」

「お、おお」

「わかったらすぐに連絡してくれ！」

コナンは壁に立てかけてあったスケボーを手に取り、ドアを開けて廊下に飛び出した。とたんに背後からグイッと腕をつかまれる。

「灰原」

ドアの横に灰原が立っていた。女が送ったメールの内容を知ったらしく、「ダメよ」と首を横に振る。

「お願い……」

灰原はさらに強くコナンの手を握った。これ以上首を突っ込むのは危険だと警告しているのだ。

コナンは強く握る灰原の手を見た。

「……前にオメーに言ったよな。自分の運命からは逃げるなって。……オレも逃げたくねーんだよ」

まっすぐな瞳で話すコナンを見て、灰原は思わず手を緩めた。コナンの手がスルリと抜ける。

「あ……」

呼び止められず、走る後ろ姿をただ見送るだけだった。

「工藤君……」

残された灰原はうつむき、胸の前で離してしまった手をギュッと握り締めた。

阿笠邸から出てきたコナンはスケボーに飛び乗り、道路を駆け抜けた。そしてスケボーに乗りながらスマホを耳に当てる。

「ジョディ先生！　安室さんと怜奈さんが殺される!!」

『どういうこと？』

「スマホのデータ修復に成功したんだ！」

コナンは女が最後に送ったメールの本文を伝えた。

病院のロビーまで下りてきた子どもたちは、付き添ってくれた高木にペコリと頭を下げた。

「高木刑事、ありがとう」

「無理言ってすみませんでした」

「うん。じゃあ気をつけて帰るんだよ」

「は〜い」

歩美と光彦は病棟へ戻る高木に手を振った。そして後ろでしょんぼりとうつむいている元太を振り返る。

「元太君、元気出してください」

「またきっと会えるよ」

二人で励ましても、元太は「でもよぉ……」とため息交じりにつぶやく。すると、光彦は
「そうだ！」と人差し指を立てた。

「じゃあこれから観覧車に行きませんか？」

「うん。お姉さんもまた乗りたがってたから、景色を撮って送ってあげようよ」

「今から行ったら夜になっちまうし、混んでっから乗れねーかもしれねーぞ」

元太が言うと、光彦は「大丈夫ですよ」とスマホを取り出した。

「東都水族館は鈴木財閥の資本が入っていたはず。――これです！」

光彦がスマホを操作して二人の前に突き出すと、

「あっ!!」「そっかぁー!!」

元太と歩美の顔がパアッと明るくなった。

「そう！　もう一人の強～い味方です!!」

光彦が得意げに見せるスマホの画面には、蘭の親友で鈴木財閥のお嬢様――鈴木園子の名前と電話番号が表示されていた。

6

穏やかな海が夕暮れに染まる頃、シャッターが下ろされた人気のない港の倉庫の前に、黒のポルシェ356Aと白のRX－7が停まっていた。

シャッターが下りた倉庫の中には、鉄骨の柱に後ろ手で手錠をかけられた安室と怜奈がいた。

シャッターの前に置かれた三脚式の投光器の強烈なライトが二人を照らす。

「我々にノックの疑いがかかっているようですね」

安室が言うと、投光器の前でたばこをふかしていたジンはおもむろに腰を下ろした。

「キュラソーが伝えてきたノックリストにおまえたちの名前があったそうだ」

「キュラソー……ラムの腹心か……」

安室が言うと、隣で手錠をかけられた怜奈は「ええ」とうなずいた。

「情報収集のスペシャリストよ」

「知っているようね」

二人を縛りつけた鉄骨の近くで腕を組んで立っていたベルモットが微笑む。

「外見の特徴は左右で目の色が違う、オッドアイ」

「組織じゃ有名な話よ」

安室と怜奈が答えると、鉄骨を挟んでベルモットと反対側に立っていたウォッカがニヤリと笑った。

「昔のよしみだ。素直に吐けば苦しまずに殺してやるよ」

「……僕たちを殺さず拉致したのは、そのキュラソーとやらの情報が完璧じゃなかったから」

安室の言葉に、近づいてきたウォッカがピクリと反応する。

「違いますか？」

安室はジンに向かって言った。ジンがたばこを吸う口の端をフッと持ち上げる。

「さすがだな、バーボン」

すると、ベルモットは腕を組んだまま安室と怜奈に近づいてきた。

「ノックリストを盗んだまではよかったけど、警察に見つかり、逃げる途中で事故を起こした
……」

「あげく記憶喪失ときたもんだ」

ウォッカがそう言って肩をすくめると、怜奈がキッとにらみつけた。

「じゃあキュラソーを奪還して、ノックリストを手に入れるべきじゃないの⁉」

怜奈が前に身を乗り出し、柱の後ろで手錠をかけられた手が激しく動いた。その左手にはへ

アピンが握られ、すばやく右手で伸ばしていく。

「ジン！　我々が本当にノックか、それを確認してからでも遅くはないはずよ！」

怜奈に言われて、ジンはゆっくりと顔を上げた。

「確かにな。だが……」

ゆらりと立ち上がり、横に構えた銃を二人に向けた。

「ジン！」「あ、兄貴⁉」

驚いたベルモットとウォッカが前に出る。

「疑わしきは罰する——それがオレのやり方だ」

ジンは冷たく言い放ち、くわえたたばこをプッと吐き捨てた。

「さあ、裏切り者の裁きの時間だ」

そう言うと足元に落ちたたばこを踏みつけ、グリグリとつま先をひねった。


コナンが乗ったスケボーは白煙を巻き上げながら猛スピードで道路を走り抜けた。

ジョディへの電話を切った後、阿笠博士に電話をかける。

「まだか、博士⁉　早くしねーと——」

『あせるな。あと三十秒で解析が終わる』

「よし！　アドレスが判明したらさっきオレが言ったとおりに！」

『わかった。こちらの壊れたスマホから送られたように偽装すればよいんじゃな』

「ああ、急いでくれ。時間がねえ！」

コナンがスマホを切ると、反対車線を走ってきた車がパーパッパー!!　とクラクションを鳴らして急停車した。ジョディの車だ。

コナンは道路を横切り、スケボーの後ろを地面に擦り付けて止まると、跳ね上がったスケボーをキャッチしてジョディの車に向かった。

「こっちよ！　クールキッド!!」

車から出てきたジョディは、後部座席のドアを開けた。座席に乗り込んだコナンは、

「とにかくこれを読んで」

とジェイムズ、ジョディ、キャメルにスマホの画面を向けた。


人気のない埠頭の倉庫街に一発の銃声が響いた。

「キール!!」

肩を撃たれた怜奈はひざからガクリと崩れ落ちた。床にボタボタと血が落ちてできた血だまりに、ヘアピンが落ちる。

ジンが構えた銃口から白い煙が立ちのぼっていた。

「ほら、どうしたキール。続けろよ。手錠を外してーんだろ？」

肩の傷口を見た怜奈は、クッ……と奥歯を噛み締めてジンをにらみつけた。

ウォッカやジンを挑発するフリをしながらヘアピンで手錠を外そうとしたのを、完全に見破られていたのだ。

「まだ容疑者の段階で仲間を……!!」

安室の非難する声に、ジンは耳を傾けようとはしなかった。

「仲間かどうかを断ずるのはおまえらではない。――最後に一分だけ猶予をやる。先に相手を売った方にだけ拝ませてやろう。ネズミのくたばる様をな」

不敵に口の端を持ち上げたジンは、拳銃の引き金に手をかけた。

「ウォッカ！　カウントしろ」

ウォッカは「了解」と返事をして腕時計を見た。

「50、49、48、47……」

カウントダウンが始まり、ジンに銃を向けられた安室と怜奈はゴクリとのどを鳴らした。

「そんな脅しにのるもんですか！」

「もし彼女をノックと言ったら、自分をノックと認めたことになる。そんなヤツをあんたが見逃すはずがない！」

「……そいつはどうかな。オレは意外と優しいんだぜ」

ジンは冷ややかに告げると、わずかに銃口を下げて怜奈を狙った。

「33、32、31……30秒経過！」

沈黙を続ける安室と怜奈を、ジンは冷酷な目でさげすむように眺めた。

「仲良く互いをかばい合ってるというわけか」

「かばうも何も、僕は彼女がノックかどうかなんて知りませんよ」

安室に続いて、怜奈も「私だって！」と言った。

「でも、これだけは言える。私はノックじゃない」

「それはこっちのセリフだ」

互いに主張する二人に、ジンは「さあ……」と割って入った。

「ネズミはどっちだ？」

そう言って、ゆっくりと銃口を安室に向ける。

「19、18、17……」

ウォッカのカウントダウンが二十秒を切り、ベルモットの表情が険しくなった。

「ジン！　まさか本気で……！」

「16、15、14……」

「先に鳴くのはどっちだ」

ジンは安室に向けた銃口を下げ、今度は怜奈に向けた。

「10秒前……9、8、7……」

安室と怜奈は口を閉ざしたまま、ジンをにらみ続けた。

「6、5、4……」

銃口越しに見えるジンの瞳がギラリと光る。

「バーボンか……キールか……」

「3、2、1……」

「まずは貴様だ、バーボン」

銃口が再び安室に向いた。ウォッカが「ゼロ」と告げると同時に、銃の引き金にかけたジンの人差し指に力が込められる――。

ビシュッ！

かすかな音と共に、天井から吊り下げられたライトの根元で火花が散った。コードが切れたライトが落下し、真下の投光器を直撃する。鉄骨の柱に繋がれた安室と怜奈を照らしていた投光器が床に倒れ、突然倉庫の中は暗闇に包まれた。

「何だ!?　どうした？」

「ラ、ライトが……!!」

暗闇の中、倒れた投光器が周囲の床をむなしく照らしている。

「キール！　バーボン！　動くな!!」

ジンは鉄骨の柱がある方に銃を向けた。しかし、真っ暗で二人の姿は見えない。ベルモットはスマホを取り出し、点灯させたLEDライトを柱に向けた。

すると――柱に繋がれていたのは怜奈だけだった。

「バ……バーボンがいない！　逃げたわ!!」

「クソォ！　どうやって!?」

ウォッカは慌てて倒れた投光器を起こした。強烈なライトが柱の根元でうずくまる怜奈を照らす。ジンは柱に歩み寄り、柱の根元に転がる手錠を手に取った。伸ばされたヘアピンで鍵が開けられている――。

ジンが悔しげに奥歯を噛み締めたとき――背後でバンッと扉が開く音がした。

「追えっ！」

扉のそばで投光器を持っていたウォッカが走り出ていき、ベルモットも駆け出した。そのとき、ベルモットのスマホが鳴った。足を止めてスマホの画面を見る。

「!!」

外された手錠を床に投げたジンは立ち上がり、ひざをついている怜奈に銃口を向けた。

「悪いな、キール。ネズミの死骸を見せられなくて。だが寂しがることはない。じきにバーボンもおまえの元へ送ってやる」

間近で銃口を突きつけられた怜奈は、ジンをにらみつけた。

「あばよ、キール……」

ジンが引き金にかけた人差し指に力を込めたとき、

「ジン！　待って!!」

扉の近くでスマホを耳に当てたベルモットが叫んだ。

「撃ってはダメ！　ラムからの命令よ」

ジンに告げると、ベルモットは二言三言会話をし、「……はい、了解しました」と電話を切った。

「キュラソーからメールが届いたそうよ。二人は関係なかったと……」

「記憶が戻ったのか？」

ジンが驚いていると、銃口を向けられた怜奈は薄笑いを浮かべた。

「どうやらこれで私たちの疑いは晴れたようね。さっさとこの手錠を外してもらおうかしら」

ジンは怜奈をにらみつけた。苛立ちで銃口が震える。すると、ベルモットが「ダメよ」と言った。

「ラムの命令には続きがある。届いたメールが本当にキュラソーが送ったものか確かめる必要があると……」

「まさかその確認が取れるまで、私をここに縛り上げておくつもりじゃ……」

怜奈は近づいてきたベルモットを見た。

「どうする？　ジン。警察病院からの奪還となると、かなり厄介になりそうだけど」

「案ずることはねぇ。オレの読みが正しければ、そろそろ動きがあるはずだ」

ジンはニヤリと笑うと、スマホを取り出して電話をかけた。

警察病院のそばに停めた青のダッジ・バイパーに乗っていたコルンとキャンティに、ジンから電話がかかってきた。キャンティがヘッドセットのマイクを口元に近づける。

「ナイスタイミングだよ、ジン！　公安のノロマどもがやっと動き始めたところさ」

『やはりな』

「盗聴されてるとも知らずに間抜けだねぇ」

警察病院の前では数台のパトカーと公安の車が停まっていて、助手席に乗ったコルンは集音マイクを窓から病院に向けていた。そのひざには盗聴プログラムが起動しているパソコンが置かれている。

『それで目的地は？』

ジンに訊かれたキャンティはフッと笑って病院の正面玄関を見た。記憶喪失の女――キュラソーが公安刑事に連行され、車に乗せられようとしている。

「あんたが予想していたとおりの場所さ。今ちょうど車に突っ込まれているところだけど」

『例の機体を用意しろ』

ジンの言葉に、キャンティとコルンは目を見開いた。

「まさか⁉」

『アレの性能を試すチャンスだ』

「戦争でもおっ始めようってんじゃないだろうね？」

『ラムからの指令だ。確実に任務を遂行しねーとな』

「了解」

電話の向こうでジンが冷酷な目でニヤリと笑う姿が、キャンティの頭に思い浮かぶ。

ジンからの電話を切ると、キャンティはすぐにダッジ・バイパーのエンジンをかけた。そしてけたたましい音を立てて発進する。

「ヤバイ、ヤバイ、ヤバイ！」

これから始まることを考えたキャンティは、ゾクゾクと興奮して胸が躍った。

「楽しくてイッちまいそーだよ」

「オレも……ヤバイ」

助手席のコルンはぼそりとつぶやいた。

「ジン、まさか本気でアレを使う気じゃ……」

スマホを切ったジンにベルモットがたずねようとすると、安室を捜しに外へ出たウォッカが戻ってきた。

「兄貴！　ダメです。逃げられました」

「構わん。バーボンとキールは後回しだ。まずはキュラソーを奪還する」

ジンは柱に繋がれている怜奈を見ることなく、扉に向かって歩き出した。

「しかし、病院には警察や公安どもが……」

「キュラソーはすでに病院を出た」

「では、どこへ？」

扉の前に立っていたウォッカは横にずれてジンに道を空けた。扉を出たジンが立ち止まる。

「行き先は、東都水族館」

ベルモットはハッと目を見開いた。

「ジン！　あなた、まさかこうなることを読んで、あの仕掛けを……？」

振り返らず視線だけ動かしたジンは、フッと笑った。

「ウォッカ、行くぞ。車を回せ」

「はい！」

外へ出ていくジンを、ウォッカは慌てて追いかけた。

道路の脇に停めたジョディの車の中で、ジェイムズは赤井からの電話を受けていた。

「うん、わかった。君はすぐにそっちに向かってくれ。救出は我々が行う」

赤井が『了解』と電話を切ると、ジェイムズは隣に座るコナンを振り返った。

「二人は窮地を脱したそうだ」

助手席のキャメルが「よかった！」と胸をなで下ろす。運転席のジョディは「すごいわね！」とコナンを見た。

「ボウヤの作戦、大成功じゃない」

「たいしたことないよ」

コナンはそう言って、スマホの画面を見せた。

「あのメールの文章が途中で止まってたから、その続きに『二人は関係なかった。安心して』って書き足して送っただけだから」

「よし！　これで二人も……」

「ええ」

キャメルとジョディが顔を見合わせて喜ぶと、ジェイムズは険しい表情をした。

「いや、これは一時しのぎに過ぎん。敵は工作員の奪還を優先し、東都水族館へ向かったそうだ」

「警察病院じゃないの？」

コナンは不思議に思った。あの女を奪還するなら、警察病院に向かうはずではないのか——。

「ああ。公安によって水族館に連れ出されたそうだ」

「水族館……!?」

「では我々も」

ジョディが車を出そうとすると、ジェイムズは「いや」と止めた。

「そちらはすでに赤井君が向かっている。我々は倉庫街に残された諜報員の救出とノックリストの捜索に当たる」

「コナン君。君は降りるんだ。ここから先は何が起こるかわからんからな」

ジョディとキャメルが「はい！」とうなずき、ジェイムズはコナンを見た。

「でも……」

コナンがためらうと、ジョディが「大丈夫よ」と言った。

「ＦＢＩが必ず解決してみせる」

助手席のキャメルもコナンを振り返ってうなずく。強い意志を感じさせる二人の表情を見て、コナンは「……うん」と後部座席のドアを開けた。

「それじゃあ、頼んだよ」

「うん。決着がついたら連絡する」

ジェイムズに言われて、コナンはドアを閉めようとした。が、すぐに訊くべきことを思い出した。

「赤井さんって、あの工作員のこと、どこまで知ってたの？」

「詳しいことは知らんらしい。唯一わかっていることはラムの腹心で、コードネームはキュラソーというそうだ」

「ありがとう。気をつけて！」

スケボーをかついだコナンがドアを閉めると、車は走り去っていった。小さくなる車を見つめながら、記憶喪失の女のことを考える。

（彼女はラムではなくキュラソー……）

キュラソーとは、オレンジの皮を使ったお酒だ。

主な種類はホワイトキュラソー、オレンジキュラソー、ブルーキュラソー、グリーンキュラソー、そしてレッドキュラソー……。

様々な色のキュラソーがコナンの脳裏に浮かぶ。

白、橙、青、緑、赤——。

それらの色を思い浮かべたとたん、記憶喪失の女——キュラソーが持っていた透明カードを思い出した。

「もしかして……！」

コナンはポケットに入れた透明カードを取り出した。そして単語帳のようにリングで繋がった透明カードを扇形に広げる。

「白、橙、青、緑、赤……やはり五色……」

五色の透明カードを広げたコナンは、この配色をどこかで見たような気がした。

(どこだ。思い出せ……)

コナンは扇形に広げた透明カードを見つめながら、記憶をたぐりよせた。

この配色、どこかで必ず見ている。しかも昔ではなくごく最近だ。

どこだ。どこで――！

脳裏に描いた白、橙、青、緑、赤の色が扇状に広がったかと思うと、今度は扇が閉じるように五つの色が中央で重なって交差した。

その瞬間――コナンは思い出した。この配色を見た場所を――！

(!!　これがカギなら……)

突然、コナンの脳裏に医師や子どもたちの声が響いた。

『脳弓の部分に大変珍しい損傷が見つかりまして……』

『頭を押さえて苦しんでるよ。何か言ってるんだけど意味はわからなくて……』

『え～と……スタウト、アクアビット……それと、リー……スリングって言ってました』

脳の損傷、強烈な頭痛、つぶやいた三つの単語――頭の中で散らばっていたものが、一つの答えに結びつく。

「そうか……この推理が正しければ、組織や公安の動きに説明がつく……」

納得したのもつかの間、その先を想像したコナンの表情が凍りついた。

（!!　ってことは……）

「ヤッベェ！　早くしねーとノックリストが組織の手に……!!」

コナンはガードレールに飛び乗ると、走ってスケボーを放り投げた。空中でクルクル回転するスケボーをつかんで左足でターボエンジンのスイッチを押す。道路に着地すると同時にスケボーは爆煙を上げて急発進した。


公安の風見がキュラソーを車の後部座席に乗せて東都水族館に向かっていると、電話がかかってきた。それは公衆電話からかけてきた安室からだった。

「……はい……はい。指示どおりに確保しました」

キュラソーの隣に座っていた風見は「え!?」と短い声を上げ、窓側を向いた。

「観覧車に乗れというんですか!?」

『ああ……定かではないが、今はこの方法にかけるしかない。やってくれるな？』

「ええ。それより早く合流しましょう」

『いや、組織の目がどこで光っているかわからない。観覧車までこのままでいく。じゃあな』

「待ってください、降谷さん――」

言い終わらないうちに電話はブツッと切れた。

通信履歴に残った〈非通知〉の文字を見つめながら、風見がクソォ、とつぶやく。

「どういうことなんだ？　本当に観覧車に乗せるだけで、この女の記憶が戻るのか……？」

隣に座ったキュラソーは風見の言葉に反応するわけでもなく、ただうつむいて一点を見つめていた。


埠頭にある公衆電話の受話器を置くと、安室は海を振り返った。船が行き交う海の対岸には、東都水族館の巨大観覧車が見える。

一時間おきに行われる噴水とプロジェクションマッピングのショーがちょうど始まっていて、色鮮やかな映像が観覧車に映し出されていた。その前に高く上がった噴水が五色のスポットライトに照らされ、虹のようにキラキラと輝いている。

険しい表情で観覧車を見つめた安室は、すぐに走り出した。

7

日が沈み夕闇が深まると、観覧車のイルミネーションが点灯され、夜空を美しく彩り始めた。満車だった駐車場も帰る車が増えて、ところどころ空きが出てきた。すると一台の車が入ってきて、バックで駐車し始めた。

「ったく〜、ゴールデンウィークだってのに、何で水族館に来なきゃなんねーんだよ」

ハンドルを握りながら後ろを振り返った小五郎は、後部座席に座る元太、光彦、歩美をうらめしそうに見た。

「それもガキどもと一緒ときたもんだ……」

子どもたちが顔を寄せて、へへ〜ッと笑うと、助手席に座った蘭は「いいでしょ！」と小五郎を見た。

「どうせヒマなんだし、家にいたって寝てるだけなんだから」

「わぁ〜ってるよ。だからこうやって車出してやってんだろ。ほら、着いたぞ」

車が停まると、子どもたちは「やった〜！」とドアを開けて飛び出した。蘭が慌てて車から出てきて、子どもたちを呼び止める。

「ちょっと待ってみんな！　そこにいて！」

「ハーイ！」

子どもたちが立ち止まるのを確認してから車をのぞき込むと、小五郎はすでに座席を倒して寝転がっていた。

「お父さんはどうするの？」

「今日はお魚さんな気分じゃねーっての。ここで寝てっから楽しんでこいよ」

シッシッと手で追い払う小五郎に、蘭は「……ありがとう」と微笑んだ。


キュラソーと風見を乗せた公安の車は、チケット売り場の前に車を停めた。後部座席のドアを開けて出てきた風見は周囲を確認すると、

「話をつけてくる」

助手席の男に言ってドアを閉めた。

公安の車を追って駐車場に入ってきた目暮警部たちのプリウスは、公安の車からやや離れたところで停まった。チケット売り場へ向かう風見を見て、助手席の佐藤が眉をひそめる。

「また水族館に……」

「てっきり事故現場に連れていくと思ったんですけどねぇ……」

運転席の千葉が言うと、後部座席の高木が「あの女性……」と口を開いた。

「ここの観覧車で発作を起こしたんです。もしかしたらそこに何か秘密が……」

「うむ。とりあえず怪しまれんよう駐車して様子を見よう」

目暮の指示に、千葉は「はい」と空いているスペースに車を入れた。


チケット売り場に着いた蘭たちはキョロキョロと周囲を見回し、園子の姿を捜した。

「園子姉ちゃん、いないな」

「うん。もう来る頃だと思うけど……」

蘭たちがチケット売り場の隅で待っていると、風見が窓口にやってきた。

「観覧車に乗せてもらいたい」

「申し訳ありませんが、本日のチケット販売はすでに終了しておりまして……」

窓口の係員に言われた風見は、胸ポケットの警察手帳を取り出した。

「ではここの責任者に伝えてほしい。公安の者が協力を要請していると」

「承知いたしました。少々お待ちください」

係員は席を立ち、そばに置かれた電話に手を伸ばす。

(公安の人……？)

こんな時間に男性一人で観覧車に乗りに来るなんて……と不思議に思いながら窓口を見てい

た蘭は、スーツ姿の男性が警察手帳を取り出すのを見て驚いた。

公安の人がどうして観覧車に……？

「蘭！　こっちよ！　後ろ後ろ！」

声がして振り返ると、園子が係員と一緒に歩いてくるのが見えた。

「お待たせ～。手続きに時間かかっちゃって」

「待ちくたびれましたよ～」

「おせーぞっ」

文句を言いながら駆け寄る子どもたちを、園子はジロリとにらんだ。

「あんたたちね～、こんな時間に人気アトラクションのパスをゲットするのがどんだけ大変なことかわかってんの⁉」

「大変なのか？」

「園子お姉さんなら簡単なのかと思ってた」

「何たって鈴木財閥ですからね～」

子どもたちに持ち上げられて、園子は「え」ととまどう。

「まっ、まあね～。あんたたち感謝しなさいよ！」

「はぁ～い！」

元気よく返事をする子どもたちの後ろで、蘭は「ごめんねぇ」と申し訳なさそうに言った。

「わたしまで便乗させてもらっちゃって……」

「ああ、いいのよ。手間は一緒だから。——じゃあ、この子たちよろしくね」

係員は「はい」とうなずくと、子どもたちの前でひざに手をついてかがんだ。

「それじゃあ観覧車に案内するから、みんなついてきてね」

子どもたちは「はーい」と返事をして係員の後をついていく。

「いいの？　お任せしちゃって」

「ええ。彼女はここの添乗員だから大丈夫よ」

園子はそう言ってエントランスに向かって歩き出した。蘭も並んで歩く。

「それより、新一君は誘わなくてよかったの？」

「え!?　う、うん……」

蘭は答えながら何気なくチケット売り場の窓口をのぞいた。すると、奥で公安の男性が責任者らしき人と話しているのが見えた。その横には外国人の若い女性がいる——。

「どうしたの？　知り合い？」

園子に訊かれて、蘭は「ううん」と首を横に振った。

「そういうわけじゃないんだけど、あの公安の人と一緒にいる女性……どこかで見たような……」

「公安!?　あの人たちが？」

「うん。何か事件でもあったのかなぁ……」

園子と蘭が立ち止まって見ていると、風見は二人に気づいて部下に何やら指示をした。部下が二人の方に近づいてきたかと思うと、ガラス窓の前でさっとブラインドを下げた。

「何あれ、カンジ悪っ。行こ！」

「うん」

園子がムッとしながら歩き出し、蘭も後を追った。

（あの女の人……やっぱりどこかで見たような気がする……）

しかも公安の人が一緒だなんて、何があったんだろうか。

こんなとき、新一なら……。

「……ごめん、園子」

園子の後ろを歩いていた蘭は足を止めた。

「やっぱりさっきの人たち、気になるから……」

振り返った園子はすぐにピンときて、ニヤリと笑った。

「えー、せっかくなんだし電話してみなさいよー」

蘭は頬を赤く染めながらうなずき、バッグから携帯電話を取り出した。

東都水族館に到着したコナンはスケボーを蹴り上げてキャッチすると、エントランスに向かって走った。すると、ポケットに入った新一用のスマホが鳴った。

「ヤベッ。こっちが鳴ってるってことは……」

鳴っているスマホの画面を見ると、やはり蘭からの着信だった。

出ないわけにはいかねーよな――コナンは仕方なく蝶ネクタイ型変声機を取り出し、スマホの応答ボタンをタップした。

「どうした？　蘭」

『あ、新一？　ちょっと話があるんだけど……』

「なんだ？　手短に頼む」

『え？　今忙しいの？』

コナンは「ああ……」と返事をしながら、駐車場の植え込みの間にスケボーを隠すようにグリグリと地面に突き刺した。

『なになに？　なんだって～？』

『ちょ、ちょっと園子！』

どうやらそばに園子がいるらしく、からかう声が聞こえてくる。

（……ったく）

スケボーを隠したコナンは再び走り出した。駐車場を横切り、チケット売り場の近くを通っていく。

耳をそばだててキヒヒヒ……と笑う園子に、蘭はシーッと人差し指を唇に当てた。

『聞いてっか、蘭。悪いが今立て込んでんだ。切るぞ』

「あ、待って新一！」

電話を切られそうになって慌てて呼び止めたとき、

『本日も東都水族館にお越しいただき、誠にありがとうございます……』

電話の向こうから館内放送が聞こえてきた。

（え……）

蘭は耳を疑った。

でも今、確かに東都水族館って聞こえた。まさか、新一が……？

『落ち着いたら、こっちから連絡する』

「もしかして……新一、今どこ──」

『切るぞ！』

たずねる間もなく、一方的に電話を切られてしまった。電話に聞き耳を立てていた園子が眉をひそめる。

「あいつ、忙しいとか言ってまた切ったんでしょ!?」

「うん……」

蘭がうなずくと、園子は「どこで何をしていることやら……」と肩をすくめた。

「それが、ここにいるみたいなの」

「え⁉　どういうこと？」

「新一の電話から、ここの館内放送が聞こえたの」

蘭の言葉に、園子は「なるほど……」とあごに手を当てて考え込んだ。

「問題は誰といるかね」

「え⁉」

ビックリする蘭の前で、園子は「バカねぇ〜」と人差し指を立てて左右に振った。

「男が一人でこんなところに来ると思ってんの？　さ、浮気現場を押さえに行くわよ〜‼」

「え⁉　ちょ、園子〜！」

どこか楽しむようにズンズン進んでいく園子を、蘭は慌てて追いかけた。


大きな配電盤がずらりと並ぶ水族館の電気制御室に、作業員の制服と帽子に身を包んだベルモットがいた。USBメモリを口にくわえながら、電気制御パネルのモニターを操作する。

モニター画面には水族館内のマップと共に電力の供給ラインが表示されていた。どうやら電源は一箇所からではなく、複数の箇所から供給されているようだ。

ベルモットはモニター上のイルカショーエリアをクリックした。

「昔からあった施設は別ラインか……」

イルカショーエリアは、周囲のエリアの電源供給ラインと繋がってはおらず、別の電源から供給されていた。

「仕方ない……」

ベルモットは口にくわえていたUSBメモリを取り、電気制御パネルに差し込んだ。ピピピッと電子音がして、USBメモリのランプが緑色に光る。ベルモットはUSBメモリを差したままパネルのふたを閉じ、耳に掛けた通信機に手を当てた。

「終わったわ。これであなたたちが現れても、すぐに見つかることはない」

ヘッドセットのボタンを押して通信を切ったジンは、コクピットに身を乗り出した。

「急げ！　十五分後に行動を開始する」

「あいよ！　飛ばすよ！」

コルンと共にコクピットに座ったキャンティは、スロットルレバーを前に倒した。ジンたちを乗せた最新鋭の輸送機――ツインローターの軍用ヘリは、固定翼の両端に備わったローターの角度を変え、けたたましい音を放ちながら加速していった。

夜になっても大観覧車に並ぶ客は絶えず、長い列ができていた。

『本日は東都水族館大観覧車にご搭乗いただき誠にありがとうございます。まもなく水と光のスペシャルショーの時間ですが、ノースホイールの点検のため、これからのご搭乗はサウスホイール側のみとさせていただきます。申し訳ありませんが係員の指示に従い、この後も優雅な空の散歩をお楽しみください』

アナウンスが流れる中、大観覧車の乗り場のそばにある関係者専用の扉が開いた。

「さあ、どうぞ」

扉を開けた添乗員の後ろから、元太、歩美、光彦が走り出す。

「お〜」「やった〜」「ショートカットです！」

乗り場の係員は「はい、ちょっと待ってね君たち」と優しく子どもたちを止め、後ろから歩いてきた添乗員を見た。

「このお客様たちは？」

「鈴木様のお連れの方です」

「え!?　じゃあこの子たちのために片側を貸し切りに!?」

「どうやらそのようね」

添乗員が答えると、子どもたちはニッコリ笑った。

「さあ、みんなついてきて」

「は〜い」

子どもたちは添乗員に連れられて、一般客が乗り込むゴンドラとは反対側のゴンドラに向かった。

「じゃあこのゴンドラに乗りましょう」

「すごいですね。貸し切りみたいですよ」

「やったぜ！　姉ちゃんと乗った側だー！」

子どもたちがゴンドラに乗り込むと、添乗員は歩き出した。

「じゃあお姉さんは出口のところで待ってるから、ショーを楽しんできてね」

「お〜！」

ガッツポーズで返事をする元太の前で扉が閉まり、ゴンドラはゆっくりと上がっていった。

大観覧車の近くで待機していた風見は、東都水族館に向かっている部下に電話で指示をしていた。

「ああ、そうだ。これから搭乗する。降谷さんからの情報ではヤツらもここに向かってるらしい。主要ポイントを固め、見つけしだい制圧しろ！」

電話を切る風見の背後から係員が走ってきて、部下に駆け寄った。

「ノースホイールのゴンドラを全て空けました」

「風見さん、準備できたようです」

「うん。行こう」

風見はキュラソーを連れて大観覧車に向かった。アナウンスが流れて、三十分後に光と水のショーが始まると告げる。

風見を追って園内に入った目暮、高木、佐藤は、柱の陰から様子をうかがっていた。風見らが動き出すのを見て、小走りで追う。

そのとき、大観覧車の近くにあるエントランスの自動ドアが開いて、コナンが入ってきた。肩で息をしながら、目の前を行き交う大勢の人々を見て唇を噛む。

(クソォ、これじゃあ捜し出すなんて不可能だ……)

夜になっても園内には人があふれ、大観覧車には長い列ができている。

けれど、なんとしてもキュラソーが観覧車に乗る前に止めなければ――!

コナンは大観覧車に向かって再び走り出した。

小五郎がいびきをかいて寝ている車の後ろを、赤色灯をつけた警察車両が何台も横切っていった。駐車場で待機していた千葉はその数の多さに驚いて、車から出てくる。

「公安のヤツら、いったい何をしようってんだ……!?」

次々と駐車場に入ってくる警察車両に続いて、一台のタクシーが入ってきた。乗降場で停まり、開いたドアから出てきたのは灰原だった。

「これって……」

スペアの犯人追跡メガネをかけた灰原は、続々と集まってくる警察車両に目を見張った。

「工藤君……どこに……!?」

険しい顔をしながらメガネのつるのスイッチを押した。追跡機能が起動し、左レンズに表示された追跡マップに光の点が出現する。

灰原は光の点が示す方向を振り返った。そしてエントランスの向こうにそびえ立つ大観覧車を見上げる。

「やっぱり、あの観覧車なの……」

長い行列ができている大観覧車の乗り場では、片側のホイールのゴンドラにだけ客を案内していた。反対側のホイールのゴンドラの前には他の係員たちが立ち、乗り込めないようにしている。

「申し訳ありませんが、現在サウスホイールのみとなっております」

係員の説明を聞いた客たちは、不満そうにゴンドラに乗り込んだ。

すると、近くの関係者専用ドアが開き、係員と共に風見たちが出てきた。

「公安の方たちをお連れしました」

と言われ、乗り場の係員は「え⁉」と目を丸くした。

「もしかして貸し切りはこの方たち……⁉」

「ええ。我々の要請です」

風見が言うと係員は青ざめ、慌てて頭を下げた。

「申し訳ありません。勘違いをして十分ほど前にゲストの子どもたちを乗せてしまいました」

部下は「どうします？」と風見にたずねた。

「戻ってくるまで待ちますか？」

「いや、子どもなら構うまい。それよりも観覧車の安全確保ができた以上、ヤツらが仕掛けてくるのは再び地上に戻ってきたときに違いない。心して警備に当たれ」

「はい」

「では行こう」

風見はそう言ってゴンドラに向かった。手錠をされた手に布をかけられたキュラソーも公安刑事に連行されて後に続いた。

「ごめんなさい。友達とはぐれちゃって……」

コナンはそう言いながら、大観覧車に並ぶ人々をかき分けてどんどん前へ進んでいった。

「通して。ごめんなさい」

はぐれた子どものふりをしながら、前へ前へと進み、ようやく最前列にたどり着く。

すると、今まさにキュラソーたちがゴンドラに乗り込むところだった。

「待って！　乗っちゃダメだ!!」

コナンはゴンドラに向かって走り出したが、係員に止められてしまった。

「こっちは立ち入り禁止だよ。ボウヤ、列に戻ろうね」

立ちはだかる係員の向こうで、キュラソーたちが乗ったゴンドラの扉が閉まる。

（クソォ、一足遅かったか……！）

コナンはきびすを返し、列の中へ戻っていった。

その行列から離れたところに、〈立ち入り禁止〉と書かれた作業員用の扉があった。そこに作業服を着た男が現れた。それは変装した安室だった。安室は周囲を見回すと、扉を開けて中へ入っていった。

風見を追いかけてきた目暮たちは、大観覧車の行列に並んでいた。列は少しずつ進み、目暮たちは階段を上がった。

「やはりここでしたね」

高木が言うと、前に並んでいた目暮が「うむ」と振り返る。

「だがその目的がいまだわからん」

「千葉君からの連絡だと、公安が駐車場に続々と集結しているようですし……」

険しい顔で話す佐藤の横で、高木はう〜ん、とうなった。

「何かとんでもないことが起ころうと……」

そのとき、足元を何かが走り抜けて、高木は「うわっ、とっと」と足を上げた。

「どうしたの？」

佐藤に訊かれた高木は後ろを振り返った。

「いえ、今、コナン君がいたような……」

「え⁉」

目暮と佐藤が驚いて振り返ったが、コナンの姿は見えなかった。


「ごめんなさい。通して……っ」

長い列の中を逆走してきたコナンは、階段を下りると列を抜けてベルトパーテーションをくぐった。〈立ち入り禁止〉のチェーンが掛けられた階段を上がり、さらにその先のはしごを上る。

はしごを上ったところで顔を上げると、ゴオオン……ゴオオン……と音を立てながらゴンドラがゆっくりとあがっていくのが見えた。

(ヤツらが仕掛けてくるとすれば、人目に付かず警戒が手薄になるこの観覧車内部に違いねえ。一刻も早くヤツらの計画を暴いて、公安とＦＢＩに伝えねーと……)

コナンは細い通路を渡りながら、メガネの望遠機能を起動させて周囲を見回した。

すると、ノースホイールの作業用通路を駆けていく人影が見えた。ニット帽をかぶり、ライフルバッグを背負っている──。

「あれは赤井さん⁉」

さらにズームアップして赤井の姿を追おうとしたとき、手前の車軸にコードのようなものが何本も張り巡らされているのに気づいた。

(何だ、あの無数のコードは……)

車軸に張り巡らされたコードは一つにまとめられて支柱の陰へと延びていた。あのコードは一体何に繋がっているんだ──……？

まさか──嫌な予感が背筋を流れた。

「ヤベエ！　すぐに確かめねーと……‼」

コナンは走り出し、通路の奥にある階段を駆け上がった。

トイレで作業着を脱ぎ捨てたベルモットは、カツラを取ってレストランの窓際のテーブル席に向かった。パソコンの置いてあるテーブルにつき、カツラをバッグに入れ、双眼鏡を取り出す。

双眼鏡で大観覧車の付近を見ると、行列の最後尾で係員と話している公安が二人、噴水の前に三人、他の場所でも公安らしき人物が確認できた。

「公安が集まり始めている……ってことは、すでに……」

ベルモットは回っているゴンドラを下からチェックした。無人のゴンドラが続き、四つ目のゴンドラに人が乗っていた。キュラソーと風見が向かい合って座っている。

「いた！　予定どおりね」

ベルモットはキュラソーを確認すると、耳に掛けた通信機のボタンを押した。

「キュラソーをゴンドラに確認。同乗者は公安が一名。頂上に到達するのは約十分ってところかしら」

『十分か……他の公安どもは？』

ジンに訊かれて、ベルモットはノートパソコンを開いた。

「各セクションに数名ずつ張り付いているようだけど、計画に支障はないんじゃない？」

パソコンの画面には観覧車内部の映像など幾つものウインドウが開いていて、タッチパッドをダブルタップすると、さらに新たなウインドウが出現した。

『では、計画どおりおまえの合図で決行する』

「了解」

通信機を切ったベルモットは、パソコンの画面をじっと見つめた。

左手にかけられた手錠の片側をゴンドラの手すりに繋がれたキュラソーは、風見と向かい合わせに座っていた。風見が立ち上がり、キュラソーに向けて拳銃を構える。

「貴様、本当にオレのことを覚えてないのか？」

「ええ……」

キュラソーがにらみつけると、風見はフッと笑った。拳銃を向けながらゆっくりと腰を下ろす。

「まあいいさ。記憶が戻ったら思う存分痛めつけて、ノックリストの隠し場所……そして組織の情報を洗いざらい吐いてもらう」

互いににらみ合ったままの二人を乗せたゴンドラは、ゆっくりと頂上へ向かっていた。

8

作業用の扉を開けて観覧車の内部に入った安室は、サウスホイール側の通路を走り、階段を駆け上がった。そして最上階の通路にたどり着くと、手すりに飛び乗った。さらに大きくジャンプしてはしごをつかみ、巨大な真円を描くレールの上に乗る。

「これで先回りできたはずだが……」

安室が立ち上がろうとしたとき、突風が吹いて帽子が飛ばされた。夜空に高く浮かんだ帽子は風に吹かれ、逆回転するノースホイールのレールに向かって飛んでいく。

帽子の先に、ノースホイールのレールの上に立つ赤井が見えた。飛んでくる帽子に気づいて、安室の方を振り向く。

「やはり来たか……」

赤井をにらみつけた安室は、上着を脱ぎ捨てて立ち上がった。風に飛ばされた上着はあっという間に小さくなって真っ暗な海へと消えていった。逆方向に回る二つのレールがゆっくりと動き、安室と赤井を徐々に近づけていく。

「ヤツがここにいるってことは、やはりアレは……」

安室はジンたちに監禁された倉庫を思い浮かべた。

ジンに撃たれそうになったとき、突然、照明が撃ち落とされて真っ暗になったが、あれは赤井の仕業だったのだ。

その隙に安室はヘアピンで手錠を開けて柱から離れたが、身動きが取れずにいた。すると、赤井が外から扉を蹴って勢いよく開け、安室が外へ逃げたように見せかけた。そのおかげで、安室は物陰に隠れることができ、その後のジンたちの動きを知ることができたのだ——。

「アレがあなたの仕業なら、どうせここに来ると踏んでいましたけど……聞かせてくれませんか？　僕たちを助けた了見を……」

安室は反対側のレールに乗ってすれ違う赤井にたずねた。

「あんな危険をおかさなくてもヤツらの情報を盗み聞くことはできたはずですよね？」

「……わざわざこんなところまで、おしゃべりに来たのかな？」

赤井に嫌味で返された安室は眉をひそめ、「ええ」と言った。

「FBIに手を引けと言いに来たんですよ。キュラソーは我々公安がもらい受けるとね」

「嫌だ……と言ったら？」

赤井が不敵な笑みを浮かべる。

「力づくで……奪うまで!!」

安室は胸の前で拳を握り締めると、反対側のレールに乗って離れていく赤井に向かってダッシュした。

「引けー！　赤井秀一――!!」

フンと鼻で笑った赤井は、背中をわずかに丸め、利き手の左手を前に出して構えた。全速力で走ってきた安室がレールの端で大きくジャンプし、赤井が乗ったレールに飛び込む――。


コナンは階段を駆け上がり、車軸の真下にある通路に向かった。車軸を見上げると、張り巡らされたコードは一つに束ねられて通路の柵に下りていた。柵に巻きついたコードはそばにあった消火栓ボックスにまで延びていて、横にあけられた穴から中に入っている。

（これだけの電気コードが消火栓に繋がってるなんて、やはりおかしい……）

コナンは疑問に思いながら消火栓ボックスの外側を見た。扉を開けて中をチェックしたいが、下手に開けるのは危険だ――。コードが埋められた穴をよく見ると、隙間をテープでふさいでいるのに気づいた。

（ここからなら……）

コナンはテープをはがし、隙間から赤外線モードにした犯人追跡メガネで消火栓ボックスの中をのぞいた。すると――折りたたまれた消火用ホースの下に小さな箱があった。

（あれは起爆装置か!?）

コナンは穴の隙間から顔を上げ、車軸を振り仰いだ。そしてメガネのレンズをズームアップして車軸を見る。

張り巡らされているコードの先には粘土のような塊がついていた。

おそらく爆薬だ。

どうする――コナンは奥歯をギリリと噛み締めた。

遠隔操作による起爆装置だってことは、下手に騒ぎを大きくしてヤツらに気づかれたら一巻の終わり――。

そのとき、コナンの脳裏にある人物が浮かんだ。

(そうか！　ここにはあの人が……‼)

コナンは赤井が駆けていった通路に向かって走り出した。

園内に入った灰原は、大観覧車に向かって走った。もうすぐ夜の八時になろうとしていて、アナウンスがまもなく水と光のスペシャルショーが始まると告げている。

灰原はレストランがある建物の前で止まった。ここからなら大観覧車全体が見渡せる。メガネのレンズをズームアップしてゴンドラをチェックすると、

「……どういうこと？　人が乗ってない……」

ノースホイール側のゴンドラはどれも人が乗っていなかった。しかし、頂上付近のゴンドラ

には人影が見える。

まさか——灰原はさらにレンズをズームアップした。すると、ゴンドラに乗っているのは歩美と光彦、そして元太だった。

「なんであの子たちがここに⁉」

阿笠博士の車で一緒に帰ってきたはずなのに、また戻ってきたの……⁉

しかも他のゴンドラには誰も乗っていないのに、どうしてあの子たちだけ……。

あれこれ考えている暇はなかった。

「早く連れ戻さないと……！」

灰原は大観覧車に向かって走り出した。


『それでは水と光のスペシャルショー、スタートです‼』

夜の八時になり、アナウンスが流れると同時に花火が打ち上がった。

観覧車の正面を覆うLEDビジョンと、その前のウォータースクリーンには連動した色鮮やかな映像が映し出され、地上から放たれたカラフルなレーザー光線が色とりどりの花火と共に夜空を彩る——。

「うわぁ、すごーい……！」

「きれいねー」

大観覧車の近くを歩いていた蘭と園子は思わず足を止め、夜空に咲く花火を見上げた。

ドオォン!!

轟音と共に色鮮やかな光がゴンドラに降り注ぎ、風見と対峙していたキュラソーは夜空を見上げた。

拳銃を向けられていることも忘れてしまったかのように、次々と打ち上がる花火をじっと見つめている。

何か様子がおかしい——キュラソーに拳銃を向けていた風見は眉をひそめた。

花火を見上げるキュラソーの瞳は見開かれたままで、まるで何かに取り憑かれたように身動き一つせず見入っている——。

「まさか、花火が関係あるのか……?」

風見は拳銃を構えたまま、チラリと花火を見た。

観覧車の頂上付近にいた子どもたちのゴンドラからは、誰よりも間近で花火を見ることができた。色鮮やかな花火の光が次々に飛び込んでくる。

「すんげぇー!!」

「花火が目の前にあるよ〜!」

「大迫力ですね～」

目を輝かせながら写真を撮る光彦と歩美の間で、元太はふと寂しげな表情を浮かべた。

「姉ちゃんにも見せてやりたかったなぁ……」

するとそのとき――ドドン!! と大きな音がして、ゴンドラが上下に揺れた。光彦と元太が驚いて天井を見上げる。

「何かすごい音しましたね」

「え？　花火の音でしょ」

歩美に言われて、元太が「ああ、そうか」と納得すると、光彦は怪訝そうに天井を見つめた。

「天井から聞こえたような気がしましたけど……」

大きくジャンプしてノースホイール側に飛び移った安室は、そのまま赤井に飛びかかった。絡み合った二人がレールの上を転がり、安室が先に立ち上がる。すぐに右ストレートを打つが、すばやく立ち上がった赤井にかわされた。続けて赤井のあごをめがけて振り上げた左腕も、紙一重でかわされる。

安室は華麗なステップを踏みながら赤井から少し離れ、ファイティングポーズを取った。赤井も利き手の左手を前に出して構えた。ジークンドーと呼ばれる武道の構えだ。

「言ったはずだぞ、安室君。狩るべき相手を見誤るな、と」

安室は拳をあごの前近くに置いたまま、「ああ」と笑みを浮かべた。

「組織を狩り尽くしてやるさ。あんたを制圧した後でな！」

言い終わらないうちに飛び出した安室は、再び右ストレートを打った。かわした赤井が回し蹴りを放ち、安室はとっさに身をかがめてよける。

次々と打ち上げられる花火の下で、二人は激しい攻防を繰り返した。

「こんなことをしている間にキュラソーの記憶が戻り、ヤツらが仕掛けてきたらどうする⁉」

「ハッキリ言ったらどうなんです⁉　情報を盗まれた日本の警察なんて信用できないと‼」

距離を取った二人は、にらみ合ったまま動かない。

するとそのとき、赤井の胸ポケットに入ったスマホが震えた。赤井が一瞬目をそらしたすきに、安室が低い体勢で突っ込んだ。タックルされた赤井は安室と共に数メートル下の通路に落下した。


「頼む、出てくれ……‼」

コナンは赤井に電話をかけながら階段を駆け上がった。すると、上からドッ、ドオォン……と何かが落下した音が響いてきた。

「あそこか⁉」

コナンは音がした方向を見上げて、走り出した。

通路に背中を叩きつけた安室は、ぐああっ……と顔をゆがめてうめいた。そして痛みをこらえながら、ふらりと立ち上がる。

赤井の姿がない。

「ど、どこだ⁉」

そのとき、背後でバチバチッと音がした。とっさに振り返ると——LEDビジョンの裏面を駆け上がる赤井の姿があった。

頭上めがけて繰り出された赤井の右キックを安室は両手で防いだ。が、赤井はくるりと体を回転させて安室の顔面に蹴りを入れた。

ぐはっ！　と声を上げて床に倒れた安室は、すぐに体を起こして赤井に飛び込んだ。蹴りをかわしてパンチを繰り出すと、赤井の顔に右パンチがヒットした。後ろにふっ飛んでゴンドラに背中を押し付けた赤井に、すかさず左フックを振り下ろす。が、今度は懐に入られた安室の胸や腹に赤井の拳がめり込む。

「もうよせ‼」

赤井はフェンスに倒れ込む安室の胸倉をつかんで引き寄せた。すると、安室の強烈なキックが腹に食い込む。

赤井はうぐっ……と声を漏らして後ろへよろめいた。

「もう降参ですか？　さあ、第二ラウンドと行きましょう！」

肩で息をしながらファイティングポーズを取る安室に、赤井はチッと舌打ちをした。そして再び構える。すると、

「赤井さーん!!　そこにいるんでしょー!?」

フェンスの下からコナンの叫ぶ声が聞こえた。

「大変なんだ！　力を貸して！　ヤツら、キュラソーの奪還に失敗したら爆弾でこの観覧車ごと全てを吹き飛ばすつもりだよ!!」

コナンの言葉に、安室は一瞬拳を緩めた。が、目の前の赤井を見て再び構える。すると、すでに両手を下ろした赤井が無言で首を横に振った。

「お願いだ！　そこにいるなら手を貸して！　ヤツらが仕掛けてくる前に爆弾を解除しとかないと大変なことに——!!」

安室は拳を緩め、赤井を見据えたまま、フゥ……と息を吐いた。そしてクルリと後ろを向き、フェンスから顔を出す。

「本当か？　コナン君」

観覧車の内側にせり出した通路から見上げていたコナンは、安室の顔を見て目を丸くした。

「安室さん!?　どうやってここに!?」

「その説明は後だ。それよりも爆弾はどこに!?」

「車軸とホイールの間に無数に仕掛けられてる！　遠隔操作でいつ爆発するかわからないんだ。一刻も早く解除しないと――」

「わかった」

安室が返事をすると同時に、赤井は無言で歩き出した。

「FBIとすぐに行く！」

安室の言葉にコナンは一瞬きょとんとしたが、すぐに「うん」と力強くうなずいた。


水と光のスペシャルショーが終わると、観覧車の前には噴水とスポットライトだけが残った。

「いや～、キレイだったわね～！」

ずんずん進む園子の後ろで、うつむいた蘭が立ち止まる。

「元気出しなさいよ、蘭。必ず見つけ出してあげっから」

「そうじゃなくて、もし捜査中だったら迷惑かけちゃうから……」

蘭の言葉に、園子は「はあ？」と顔をしかめた。

「あんたって人はどこまでお人好しなの!?　いい？　必ず浮気現場を押さえてやるんだから!!」

「もういいよ、園子ぉ～」

蘭が苦笑いをすると、園子は首を横に振った。

「ダメよ！　まだとっておきの場所を調べてないんだから！」

「とっておきの場所？」

「そう。あそこよ！」

園子はニヤリと笑って水族館を指差した。

「男女が最もロマンチックになれる場所よ」

水族館――……。

蘭は新一と米花水族館に行ったときのことを思い出した。

別居している両親を水族館で再会させてよりを戻そうと計画を立てた蘭が、下見のために新一を誘ったのだ。

水族館は二人で行った思い出の場所なのに、まさか他の女と――!?

「……アイツ……！」

蘭は持っていた携帯電話を強く握り締めた。水族館で新一に買ってもらったナマコ男ストラップが小刻みに揺れる。

怒りに震える蘭を見て、園子は慌ててなだめた。

「ら、蘭、落ち着いて」

「行くわよ！　園子!!」

目じりを吊り上げながら水族館へ突き進む蘭を、園子は小走りで追いかけた。

コナンに連れられて消火栓ボックスのところまで来た安室は、扉の前でしゃがみ込み、アーミーナイフを扉の取っ手に差し込んだ。

「どう？　安室さん」

「もう少しだ……」

パキン、と音がして、取っ手が丸ごと外れた。取っ手の裏側を見ると、センサーが取り付けられていた。扉を開けたら爆弾が爆発するように仕掛けられていたのだ。

「これでもう大丈夫だ」

コナンはフゥ……と息をついた。

「やっぱりトラップが仕掛けられていたんだね」

「ああ。安易に開けなかったのは正しい選択だったよ」

二人の背後で、車軸に乗ってコードをチェックしていた赤井がダンッ！　と飛び降りた。

「どうだった？　赤井さん」

「やはりC—4だ。非常に上手く配置されている。全てが同時に爆発したら車軸が荷重に耐え切れず、連鎖崩壊するだろう」

C—4はプラスチック爆弾の一種だ。ヤツら、なんてものを仕掛けたんだ——奥歯を噛み締めるコナンの横で、安室は「なるほど」とうなずいた。

「悩んでいる暇はなさそうですね」

そう言って消火栓ボックスの扉を開け、折りたたまれた消火用ホースの中央を両手で開く。

すると、その奥に起爆装置らしき小さなボックスが置かれていた。

「どう？　解除できそう？」

「問題ない。よくあるタイプだ。解除方法はわかるよ」

安室は消火用ホースを引き出しながら答えた。消火栓ボックスから少し離れたところでは、赤井が床に下ろしたバッグからライフルを取り出して組み立てている。

「へぇ〜、爆弾に詳しいんだね、安室さん」

「警察学校時代の友人にいろいろ教えられたんだよ。後に爆発物処理班のエースとなったある男に。まあ、結局そいつは爆弾の解体中に爆死したんだけどね」

安室の脳裏に松田陣平が浮かんだ。親友を殉職させた爆弾犯を単独で追いかけ、自身も爆弾を解体中に殉職してしまった。本来なら解体できたが、次の暗号を手に入れるために自ら犠牲となったのだ——。

「観覧車の爆弾解体で……」

コナンが表情を曇らせると、安室は「心配ないよ」と明るく言った。

「アイツの技術は完璧だった。それをボクが証明してみせる」

「うん」

「よし、見えてきたぞ！」

消火用ホースを全部取っ払うと、起爆装置がその全貌を現した。起爆装置のカバーを外した安室の手が止まる。

「マズイな」

「どうしたの？」

「基板が小型化していて、アーミーナイフだけでは……」

「これを使え！」

ライフルを持って立ち上がった赤井はライフルバッグを蹴り、床を滑らせてコナンの足元に送り込んだ。

「そこに工具が入っている。解体は任せたぞ」

「赤井さんは？」

「爆弾があったということは、ヤツらは必ずこの観覧車で仕掛けてくる。そして、ここにある爆弾の被害に遭わず、キュラソーの奪還を実行できる唯一のルートは……」

「空から……！」

コナンが答える横で、安室は二つのホイールの間からのぞく夜空を見上げた。赤井が「そうだ」とうなずく。

「オレは元の場所に戻り、時間を稼ぐ。何としても爆弾を解除してくれ」

走り去る赤井の背中を見て、安室はフンと顔をしかめた。

「簡単に言ってくれる……」

「安室さん、これ」

コナンはライフルバッグから工具を取り出して渡した。

「ああ……ありがとう。後はコイツの解体にどれだけ時間をもらえるかだな」

安室とコナンは消火栓ボックスの中の起爆装置を振り返った。

確かに、車軸に仕掛けられた爆弾はいつ爆発するかわからない――。

そのとき、ある推理が閃光のようにコナンの頭をかすめた。

(いや、待てよ。ヤツらが仕掛けてくるのは――)

ヤッベェ――!!

コナンは階段に向かって走り出した。

「どうした!?　コナン君!」

「ノックリストを守らないと!」

走りながら振り返って答えたコナンは、階段を一気に駆け下りた。

「つたく、どいつもこいつも……」

一人残された安室はため息をつくと、再び起爆装置に目を向けた。

階段を下りて狭い通路を走ったコナンは、観覧車の中心辺りで立ち止まり、LEDビジョンの隙間から外をのぞいた。

観覧車の前に設置された五つの投光器が夜空にスポットライトを放っていた。その光の帯の色を確認したコナンは顔を強張らせた。

(やはりこのスポットライトは、キュラソーの持っていた五色のカラーフィルムと同じ色数……それに、昼間と違って透明度までほぼ一緒だ!)

コナンはポケットからカラーフィルムを取り出して広げた。

白、橙、青、緑、赤――。

この五つの色は、目の前のスポットライトと同じだ。

リングで繋がったカラーフィルムが扇形に開くように、スポットライトの五色の光も交差して左右に広がる。そのとき、五色の配列がカラーフィルムと全く同じになるのだ。

(オレの推理が正しければ、この配色と濃度をキュラソーが見たとき、ノックリストを思い出す。すなわち、彼女の脳こそが記憶媒体……そして!)

コナンは頭上を見上げた。幾つものゴンドラが遥か上をゆっくりと回っている。

キュラソーの記憶の扉が開かれるポイントは、ゴンドラが頂点に達したときだ。

昼間に元太たちと観覧車に乗ったとき、キュラソーが強烈な頭痛に襲われたのは、スポットライトの光を見たからだ。夜になった今、スポットライトの完璧な配色と濃度を見たら、今度こそ記憶が完全に回復してしまう――!!

コナンは通路を走り出した。そして階段を駆け上がる。

(何としてもキュラソー奪還を阻止し、ノックリストの流出を防がねーと……もしも組織の手に渡ったら、世界中の諜報機関が壊滅しちまう——!!)

レストランの窓側のテーブル席に座ったベルモットは、双眼鏡で観覧車をのぞいていた。

「そろそろね……」

キュラソーを乗せたゴンドラが頂上に近づいているのを確認すると、双眼鏡をテーブルに置いてパソコンを操作した。

パソコンの画面に〈スタンバイＯＫ〉の文字が表示され、ベルモットは耳に掛けた通信機に手を置いた。

「ジン、最終確認よ。三分後に始めるわ。Ｒｅａｄｙ？」

「いつでもいいぞ。始めてくれ」

軍用ヘリに乗っていたジンは通信機を切ると、コクピットに声をかけた。

「キャンティ！　ポイントアルファで待機。これより消音モードに入れ」

「了解」

キャンティは軍用ヘリのローターを動かしてモードを切り替えた。

ローター音を抑えて夜空を飛ぶ軍用ヘリの先には、大観覧車のスポットライトの五色の光の帯が見えた。

消火栓ボックスの前に一人残された安室は、起爆装置の基板に張り巡らされたコードを精密機器用ピンセットとナイフで慎重に切っていった。

残された時間は少ない。一刻も早く解除して、風見と合流しなくては――。

安室の目と肩に力が入った。

「次は確かコイツを……」

ピンセットでつまんだコードにナイフを近づけたとき、安室の額に汗が流れた。

「おっと、危ない危ない」

体を起こして汗をぬぐうと、安室はフゥ……と息をついた。

無意識のうちに焦りが出てきて、よけいな力が入っていたようだ。安室はゴクリと唾を飲み込み、基板に組み込まれたランプを見た。

「コイツが光ったら、アウトだ……焦りこそ、最大のトラップだったな。松田……」

安室はかつての友人・松田陣平から学んだ教訓を胸に刻み、再び基板と向き合った。

キュラソーと風見を乗せたゴンドラは、まもなく頂上に到達しようとしていた。

「いったいどういうことだ？　もうすぐ半周するぞ！」

キュラソーに拳銃を向けた風見は苛立ちを隠せずにいた。

打ち上がった花火を見たとき、キュラソーは一瞬変化を見せたものの、その後は落ち着き、今はぼんやりと外を眺めている。

「さっきの花火でもなかったとすると、降谷さんからの情報は間違いだったってことに……」

左手首に掛けられた手錠を手すりに繋がれたキュラソーは、ゴンドラの真下から放たれたスポットライトの光を見ていた。

扇状に広がっていた五色の光が中央に集まり、キュラソーの目の前で重なる。

重なった光がまた左右に動いて、白、橙、青、緑、赤の光が扇状に広がった。交差した光の束がキュラソーの瞳に映り込む――。

「うあああああああ――!!」

突然、叫び声を上げたかと思うと、頭を押さえながら手錠を掛けられた左腕をちぎれんばかりに引っ張った。

「おっおい！　どうした!?　よせ、落ち着くんだ!!」

暴れ出すキュラソーに、風見は拳銃を向けながら声をかけた。

「うぐあああああ――!!」

強烈な頭痛に襲われたキュラソーはもがくように暴れ、悲痛な叫び声がゴンドラに響いた。

双眼鏡でゴンドラを見ていたベルモットは、パニックになったキュラソーに目を見張った。

「どういうこと？　記憶は戻っていたんじゃないの……？」

すでに記憶が戻っているなら、五色の光を見てあんなにもがき苦しむわけはない――。

もしかして、まだ記憶が戻っていない――？

だとしたら――双眼鏡を持つベルモットの手に力が入る。

「まさか、ラムに届いたメールっていうのは……」


痛い。痛い。痛い。

頭がガンガン割れるように痛い――!!

「落ち着け！　座るんだ！」

風見は暴れるキュラソーの肩を押さえつけ、シートに座らせようとした。しかし、キュラソーは風見の手を振り払い、叫び声を上げて暴れ続ける。

「うぐあああああ――!!」

稲妻が走ったような激しい痛みが頭を突き抜けたとき、どこからかベルモットの声が忍び込んだ。

〝あなたがいけないのよ、キュラソー〟

そこは、天井も壁も床も全て真っ白な部屋だった。

中央に置かれたベッドにボディスーツに身を包んだキュラソーが横たわっていた。手足を拘束され、身動きできずにいる。

「その特殊な脳で、組織にとって都合の悪い事実を記憶してしまった……」

ベッドに近づいてきたベルモットの手には、毒薬が入ったピストル形の注射器が握られていた。

「あなたの能力は確かに素晴らしいわ。でも、使い方を間違えると大きな脅威となってしまう。……だから、わかるわよね？」

ベルモットはそう言って注射器を持ち上げた。その穏やかな口調がかえってベルモットの冷酷さを浮かび上がらせ、恐怖を呼び起こす。しかし、手足を拘束されたキュラソーにはどうすることもできず、ただ涙を浮かべるだけだった。

「結局、これがあなたの運命だったのね。さよなら、キュラソー」

ベルモットはキュラソーの胸元に銃口のような注射器の先を押しつけた。トリガーを引けば、毒薬が皮膚に発射されて死ぬ――。

涙を浮かべたキュラソーは観念したように目を閉じた。すると、

『待て!!』

どこからか声がした。それは機械合成された音声で、聞いたとたんベルモットの顔が凍りついた。

「ま、まさか……」

ひどく動揺したベルモットが部屋を見回すと、真っ白だった壁に黒い帯がどんどん広がっていった。白い壁だと思われていたのは液晶パネルで、白く発光していたのが消えていったのだ。

「なぜ、こんなところにあなたが!?」

『下がりなさい、ベルモット』

液晶パネルが全て消えて、部屋は純黒に包まれた。キュラソーが横たわるベッドの周りだけ明かりがついていて、ぼんやりと浮かび上がる。

すると突然、天井に光の筋が現れた。それは五つの大きな液晶モニターで、キュラソーを囲むように下りてきた。そして、それぞれのモニターがキュラソーの顔を様々な角度から映し出す。

『キュラソー……君には〈色〉がない。あるのは、ただ純黒の闇……』

機械音声を聞きながら、キュラソーは真上の液晶モニターに映った自分の顔を見つめた。大きく見開かれた青い左目と透明な右目――。

液晶モニターがさらに近づいてきたかと思うと、画面にノイズが走り、アルファベットが表示された。

〈CODENAME　RUM　№002〉

「ラ……ラム……」

キュラソーはモニターに表示されたコードネームを口にした。

これが、この声の持ち主のコードネームなのか――。

『その闇が君を苦しめているのなら、他の〈色〉に染まればいい。おまえの特殊能力を私のためだけに使え。インプットもアウトプットも……』

キュラソーを囲んだ液晶モニターが全て消えたかと思うと、天井と壁一面の液晶パネルに膨大なデータが映った。床のパネルにも大量の文字が現れ、部屋全体におびただしいデータが映り流れていく。

『そして、私の右腕になりなさい。キュラソー……』

大きく見開かれたキュラソーのオッドアイに、膨大なデータが次々と刻み込まれていった

――。

9

「ううううう……」

　ゴンドラの中で錯乱して暴れ出したキュラソーは、やがて力が尽きたのか手すりにもたれて倒れ込んだ。

「おい、大丈夫か？　しっかりしろ」

　風見は拳銃を持ったまま、反対の手でキュラソーの肩を揺さぶった。

「まったく……待ってろ。すぐに救急車を呼んでやる」

　体を起こした風見はポケットからスマホを取り出すと、番号を押して耳に当てた。

「……その必要はない」

　低い声が聞こえて風見が目を向けた瞬間——キュラソーの足が飛び上がり、風見の首を絞めた。必死で首を抜こうとしたが、逆に振り回されて顔をガラスに叩きつけられた。持っていたスマホと拳銃が床に落ちる。

「やはり戻っていたのね」

双眼鏡でキュラソーたちのゴンドラをのぞいていたベルモットは、一瞬の隙を突いて風見を気絶させたキュラソーを見て微笑んだ。すぐに耳に掛けた通信機のボタンを押す。

「キュラソーが収容可能エリアに入ったわ。これから作戦を開始します」

ノートパソコンのマウスパッドをダブルタップすると、モニター画面にカウントダウンタイマーが表示された。

「頂点到達まであと二分。そろそろ始めていいんじゃない？」


「わかった」

ジンはニヤリと笑うと、通信機を切った。

「ウォッカ！　アームを出せ」

「了解！」

軍用ヘリの機体後部にいたウォッカは手元のパソコンのキーを素早く押し、左手でタッチパネルをスクロールさせてタッチした。

「ハッチ、オープン」

機体下部のハッチからアームがせり出すと、ヘリは両翼のローターを上に向けて飛行した。

階段をいくつも駆け上がった赤井は、ノースホイールのレールの下を通る狭い通路にたどり着いた。すぐ横をゴンドラがゆっくりと通り抜けていく。

風の音に混じって、ババババ……とヘリコプターのローター音が聞こえた。すでに近くに来ているはずだ。

まさか——赤井は夜空を振り仰いだ。ライフルを構え、暗視スコープをのぞく。

すると、ローターを上向きにして飛行している軍用ヘリが見えた。

普通のヘリコプターではなく、最新鋭の軍用ヘリに乗ってくるとは——。

(ヤツら……一体何を始めるつもりだ⁉)

キュラソーは気絶した風見のポケットから手錠の鍵を奪い、手錠を外した。そして床に落ちた拳銃を拾うと弾倉を外し、銃の中に残った弾も出した。弾が切れた拳銃を床に戻し、風見のスマホを手に取る。

画面に表示されたテンキーを素早く押すと、窓から外を見ながらスマホを耳に当てた。

ベルモットがノートパソコンに表示されたカウントダウンタイマーを見ていると、テーブルに置いたスマホがブブブ……と震えた。

知らない番号からの着信だ。まさかと思いながら応答ボタンをタップする。

「……誰？」

『久しぶりね。ベルモット』

その声がキュラソーだとわかったベルモットは、フッと微笑んだ。

「やはり記憶は戻っているようね」


キュラソーはベルモットに電話をしながら、窓から地上を見下ろした。駐車場には赤色灯をつけたパトカーが大量に停まっているのが見える。

「ええ。それより迎えはいつ来るのかしら？　外には公安が山のようにいるのだけど」

『問題ないわ。じきにジンが迎えに行くから』

「ジンが……!?」

『ええ。ところで……いつ記憶が戻ったの？　ラムにあなたのスマホから連絡があったと聞いたけど』

私のスマホからラムに……？　連絡した覚えはなかった。連絡しようにもスマホは首都高から転落したときに壊れてしまったのだ。そしてそのスマホは……。

キュラソーは自分のスマホをコナンが持っていったのを思い出した。同時に、元太や光彦、歩美の顔が思い浮かぶ――。

『もしあなたが送ったメールじゃないとしたら……』

「ああ、あのメール？　もちろん送り主は私……何か問題でも？」

キュラソーは微笑みながら答えた。


「そう……」

ベルモットは眉をひそめた。

だとしたら、キールとバーボンは〝白〟だ。理不尽に殺されたくないから逃げたということだろうか……？

「そろそろ時間よ、シンデレラ。その場でカボチャの馬車を待ってなさい」

『了解』

ノートパソコンに表示されたカウントダウンタイマーを見たベルモットは、スマホをテーブルに置いて耳に掛けた通信機のボタンを押すと、小声でカウントダウンを始めた。

「五秒前……三、二、一、ゼロ」

カウントダウンタイマーが〈0〉になると、停電用プログラムが作動した。

ベルモットが電気制御室のパネルに差し込んだUSBメモリのランプが緑から赤に変わり明滅した。すると突然、パネルにプラズマが走ったかと思うと、室内の電気が消えた。

園内の照明も次々と消えていき、ベルモットがいるレストランも真っ暗になった。客たちが騒然とする中、ベルモットが窓の外を見てフッと微笑む。

最後まで明かりがついていた観覧車もスポットライトやLEDビジョンが消え、ゴンドラの照明も落ちて、ついに屋外施設も暗闇に包まれてしまった。


「くそぉ、始めやがった！」

観覧車の内部も照明が落ち、通路を走っていたコナンは立ち止まった。

この停電はヤツらの仕業だ。キュラソーを奪い返しに来たのだ。

早く行かなくては――!!

コナンは非常灯の薄暗い明かりを頼りに再び走り出し、階段を駆け上がっていった。


ジンたちを乗せた軍用ヘリは、水族館近くの上空でホバリングを続けていた。

「ベルモットからの合図を確認。地上は闇に包まれやしたぜ」

ウォッカの報告に、ジンが「OK」とうなずく。

「ただちに降下を開始！　キュラソーをかっさらえ!!」

「了解」

コクピットのキャンティは操縦桿を前に倒した。巨大なアームをハッチから下ろした軍用ヘリが徐々に降下していく。

停電になった観覧車の前では、パニックになった客たちに係員が必死に呼びかけをしていた。

「落ち着いてください。大丈夫です。危険なので動き回らないでください」

「すぐに復旧します。慌てずその場でお待ちください」

すると、客の一人が「おい、あれ見ろよ」と水族館の方を指差した。

「水族館は電気がついているじゃねーか！」

客の言うとおり、辺り一体が真っ暗の中、水族館の一部は照明がついていた。

「おい、みんな行こうぜ！」

客が呼びかけると、他の客たちもぞろぞろと動き出した。

「あ、ダメです！　危ないので動かないでください！」

係員の誘導を無視して、客たちは水族館に向かって一斉に歩いていく。灰原は水族館へと続く人波を逆走し、観覧車の入り口へと向かった。

(嫌な予感がする。早くあの子たちを連れ戻さないと……！)

子どもたちを乗せたゴンドラは、残り四分の一周というところで止まっていた。

「なんだよ、こんなところで停電かよ～」

「ついてませんね」

「もう少しで降りられたのに〜」

観覧車乗り場では、係員が客たちにその場を動かないようにと呼びかけをしていた。その横で公安刑事が風見に電話をかける。

「ダメだ。繋がらない」

「何をやってるんだ、風見さんは……」

さりげなく公安刑事に近づいて聞き耳を立てていた目暮は、列に戻っていった。

「佐藤君、高木君。どうやら公安の連中もこの状況を把握できておらんようだ」

「やはり……」

「で、どうしますか？」

高木がたずねると、目暮は「うむ」とあごを引いた。

「協力を申し出よう」

高木が「えっ⁉」と目を丸くする。

「しかし、彼らは……」

佐藤が口を開くと、目暮は首を横に振った。

「こんなときに組織の違いでいがみ合ってはならん。いいなっ！」

「はい‼」

凛々しく微笑んだ佐藤と高木は力強く返事をした。

蘭と園子は水族館の中で新一を捜したが、どこにも見当たらなかった。

「やっぱりここにもいないみたいね」

最後のコーナーから出てきた園子は、エントランス付近をキョロキョロとチェックした。

「ごめんね、園子。もしかしたらわたしの勘違いだったかも……」

蘭が申し訳なさそうに言うと、

「おいっ、外見ろよ！」

後ろで客たちに呼びかける声がした。

「外がスゲーことになってるぞ‼」

その声につられて、エントランスにいた客たちがぞろぞろと窓へ向かった。園子と蘭も何だろうと思って走っていく。

「ちょっとどいて」「すみません、見せてください」

大きな窓の前に並ぶ客たちを割って入った二人は、外を見て「え⁉」と驚いた。

大観覧車など園内の照明が全て消えて、辺り一帯が真っ暗になっていたのだ。さらに暗くなった園内から水族館へと向かってくる大勢の人々が見える――。

「これって……」

「どういうこと？」

異様な光景を見て、蘭と園子は顔をしかめた。

消火栓ボックスの前で爆弾を解除していた安室は、突然の停電で手元が暗くなり、クソォと体を起こした。

「こう暗くちゃ配線の見分けがつかない。もう少しで解除できるってのに、一番大切なところで視界を奪われた……」

非常灯の明かりでぼんやりと基板は見えるものの、配線の色や文字など細かいところまでは判別できない。

安室はピンセットでコードを持ち上げると、顔を近づけて目を凝らした。


ベルモットとの電話を切ったキュラソーは、ゴンドラのシートに座り、夜空をぼんやりと眺めていた。

ババババ……とローターが風を切る音が徐々に大きくなってきた。

「このまま座っていれば組織に戻れる……か……」

キュラソーはポケットからイルカのキーホルダーを取り出すと、静かに微笑んだ。

階段から鉄骨をよじ登り、ノースホイールのレールの上に立ったコナンは、夜空を見上げた。

暗くてよく見えないが、ローターの回転音が聞こえる――。

コナンはメガネのつるのボタンを押し、赤外線モードでローター音が聞こえる方向をズームアップした。

すると、ホバリングする軍用ヘリの姿が見えた。――ヤツらだ!!

その機体下部のハッチからは、アームのようなものが出ている――。

「まさか、あれでゴンドラごと⁉」

コナンはキュラソーが乗っているゴンドラを見た。すると、ゴンドラの天井が開いて人影が飛び出した。すぐ横のレールに手をついて飛び降りる――!!

「あれは⁉」

コナンはゴンドラに向かって走り出した。


キュラソーが乗るゴンドラの真上に来た軍用ヘリは、ゆっくりと降下し始めた。

コクピットのキャンティがモニターをチェックしながら操縦桿を動かす。

「機体制御良好！　目標まで20。いいかい？　このまま行くよ！」

「ああ、いいぞ！」

ウォッカは、パソコンのタッチパネルに表示された二つのバーに両手を当てた。

「そのままだ……そのまままっすぐだ……」

ウォッカがバーのつまみを上下に動かすと、アームの爪が開閉を繰り返した。

レールの上を走ってきたコナンはゴンドラに飛び移り、開いた天井から中をのぞいた。すると、気絶した風見が床に倒れていた。

「公安の捜査官……ってことはやっぱり、さっき飛び出したのはキュラソー……！」

上空から聞こえてくるローターの音がどんどん大きくなって、コナンは夜空を見上げた。大きなアームを下ろした軍用ヘリが迫っている――！

「ヤッベェ～！」

コナンは慌ててゴンドラに飛び込んだ。そして倒れている風見に駆け寄る。

「おじさん、起きて!!」

気絶している風見の肩を懸命に揺すった。

ライフルを構えた赤井は頭上のレール越しに軍用ヘリを狙った。降下してくるヘリを暗視スコープでのぞき、射撃ポイントを探す。

「フンッ……このライフルでは歯が立ちそうにないが……」

奥歯を噛み締めた赤井は、それでも射撃ポイントを探した。

どこかにウイークポイントはあるはずだ。どこだ……？

ローター部分を狙おうとしたが、強風で思うように定まらない。少しでもずれると、手前の鉄骨に当たってしまう。

「あそこか……!!」

赤井が狙いを定めた瞬間――突風が吹きつけた。風にあおられた赤井はライフルを下ろし、足を踏ん張って耐えた。

「おじさん！　起きて!!」

コナンは風見の肩を揺すりながら、必死で呼びかけた。しかし、風見は一向に目覚めない。

そのとき――頭上でガガンと音がして、ゴンドラが揺れた。

驚いて見上げると、軍用ヘリから下りたアームの四本の爪がゴンドラの上を走る鉄骨をつかんでいた。メキメキメキ……と音を立てながらひん曲がった鉄骨が砕け、むき出しになったゴンドラを開いたアームの爪がガッチリとつかむ。

ズズウゥゥン……と観覧車が大きく揺れ、砕けた鉄骨がＬＥＤビジョンに激突して火花が散った。

「何だ!?」「何が起きてる!?」

観覧車の下で待機していた公安刑事たちが驚いて見上げる。

爆弾を解除していた安室の足元も大きく揺れて、とっさに消火栓ボックスをつかんだ。

「クソォ、仕掛けてきたか！」

揺れが収まると、安室は再び基板のコードをピンセットで持ち上げた。

もう迷っている場合じゃない。

どちらかに決めなければ――……!!


ゴンドラの間に身を潜めていた赤井は、ゴンドラの脇から出てきて再びライフルを構えた。

スコープをのぞいて、軍用ヘリに狙いを定めようとするが、強風で長い銃身がぶれる。

「この距離では無理か……」

赤井はゴンドラをつかんだヘリをにらみながら、悔しげに唇を噛んだ。


アームがゴンドラをつかんだことを確認したジンは、ニヤリと笑った。

「よし、ずらかれ！」

「あいよ！」

キャンティが操縦桿を握り直すと、

「……八時の方向……」

隣に座ったコルンが突然口を開いた。コクピットの外を見ながら首を動かす。

「観覧車の上……何か動いた……」

「公安が逃げたか？　ゴンドラを熱で探れ！」

ジンに指示されたウォッカは「了解」と手元のキーボードを打った。パソコンのモニターに熱センサーが捉えたゴンドラ内部の映像が映る。

青く表示されたゴンドラ内部に、二つのオレンジ色の人型のようなものがぼんやりと映った。

一人は子ども、もう一人は男だ。

「兄貴！　キュラソーが乗ってませんぜ!!」

「何!?　キュラソー……まさか……」

裏切ったのか——!?　険しい表情をしたジンがぎりりと奥歯を噛む。

「ゴンドラを捨てろ!!」

「りょ、了解！」

ウォッカは慌ててキーボードを打ち、タッチパネルに触れた。


バキバキ…と音がして、床に座り込んでいたコナンに鉄骨の破片が落ちてきた。上を見ると、ゴンドラをつかんだアームの爪が左右に開こうとしている——！

「オ、オイ！　嘘だろ!?」

緩んだアームの爪の中で、ゴンドラがガクンと傾いた。

ヤッベェ！　落ちる――!!

そう思った瞬間――アームの爪からゴンドラが滑り落ちた。レールを突き破り、通路を破壊しながら落ちていく――!!

「ぐはぁぁ！」

通路に激突した衝撃で跳ね上がったコナンの体が、ゴンドラの窓に叩きつけられた。何段もの通路に激突しながら落ちたゴンドラは、観覧車中央のシャフト付近でようやく止まった。

「……嘘っ」

観覧車の中央から煙が噴き出すのを見て、ベルモットは思わず窓ガラスに張り付いた。レストランの他の客も驚いて窓に寄ってくる。ベルモットはテーブルに体を向き直し、耳に掛けた通信機のボタンを押した。

「ジン。どういうこと？」

『キュラソーが消えた』

「!!」

ベルモットは耳を疑った。そんなまさか――……！

『作戦変更だ。キュラソーを始末する』

「せっかちね。まだ彼女が裏切ったとは……」

『ゴンドラから離れた訳……逃げた以外に考えられるか？』

ベルモットとの通信を切ったジンの横で、ウォッカがパソコンから顔を上げた。

「FLIR起動」

「すぐにキュラソーを見つけ出せ」

ウォッカに指示をしたジンは、コクピットを見た。

「キャンティ！　観覧車から距離を取れ。コルン！　IDWSを用意しろ」

「あいよ」「わかった」

コルンが左上のパネルを操作すると、機体下部に収納されていたIDWS――重機関銃が下りた。

軍用ヘリがアームを収納しながら上昇するのを見て、赤井はゴンドラの端から端へ移動した。

そしてライフルを上空に向け、アームのハッチを狙って撃つ。続けてハッチの別の部分にもう一発撃った。

突然、ウォッカのパソコンからビー、ビーと警告音が鳴った。モニター画面を見ると、ヘリの機体下部のハッチ部分が赤く点滅し、故障サインが出ていた。

「兄貴、アームの収納が……」

「そんなことはどうでもいい。一刻も早くキュラソーを捜し出せ！」

ジンに一蹴されたウォッカはすぐにパソコンに向かい、起動させたＦＬＩＲ――前方監視赤外線装置でキュラソーを捜し始めた。


ゴンドラから飛び降りたキュラソーは通路に着地すると、手すりを飛び越えてさらに下の通路へと移動した。

下をのぞくと、観覧車の中心のシャフト付近から煙がもうもうと上がってきている。

ふと反対側のホイールに目をやると、通路を走る人影が見えた。小学生くらいの女の子だ。女の子は階段を駆け上がり、止まっているゴンドラに向かっていく――。


ゴンドラの窓から外を見ていた元太は、ハア……とため息をついた。

「全然動き出しそうにねぇな～」

「大きな音鳴ってたし、ちょっと心配だね」

歩美が言うと、シートに座っていた光彦のスマホが鳴った。

「誰だろう……あ、灰原さん！」

光彦の声に、元太と歩美が歩み寄る。

「もしもし」

『今そっちに向かってるわ』

出し抜けに言われて、光彦は「え⁉」と驚いた。

「どういうことです⁉」


灰原は通路を走りながら光彦に電話をしていた。

「これからゴンドラに入るから椅子に座ってて」

『わかりました。でも何で灰原さんがここに？』

「説明は後。おとなしく待ってなさい」

『は、はい』

灰原は手すりの前で立ち止まり、スマホを切った。

「アレね」

手すりの向こうには、子どもたちが乗っているゴンドラがあった。灰原は鉄骨をよじ登って手すりの上に立つと、ゴンドラに向かって手を伸ばした。

そのとき、上の方でガンッと音がした。

振り仰ぐと、数メートル上の通路の手すりの外側に立つ人影が見えた。

「ま、まさか⁉」

それはキュラソーだった。灰原がいる通路に向かって飛び降りる。

「!!」

驚いてのけぞった灰原は足を滑らせた。後ろに倒れ、手すりから落ちていく――!

すると、手すりの上に着地したキュラソーが灰原の腕をすばやくつかんだ。

「……何？　私を彼らの元へ連れ戻すつもり？」

「彼らって……組織のこと？」

キュラソーは鋭い目で灰原を見下ろした。その顔は昼間に出会ったときの不安げな表情とは一変していた。

やはり、記憶が戻っている――!

「もしかして、あなた……組織を裏切ったシェリー……」

キュラソーは灰原を見てつぶやいた。そして、

「さぁ、逃げるわよ。ここにいては危ない」

と灰原の腕を強く握る。

「逃げるってどういうつもり？　悪い冗談ならやめてくれる!?」

「ジンが来ている」

灰原の顔が一瞬にして青ざめた。

「あなたならこの意味がわかるはずよ」

「で、でも、どうして私を……」

「わからない……なぜ助けたかなんてわからない……」

キュラソーはそう言うと目を閉じた。

元太、歩美、光彦と一緒に乗った観覧車や、ゲームコーナーのダーツがまぶたの裏によみがえる――。

「でも、私はどんな色にでもなれるキュラソー。前の自分より、今の自分の方が気分がいい
……ただそれだけよ」

キュラソーは灰原の腕を引き上げて抱き寄せると、通路に下りて灰原をおろした。

「さぁ、行くよ。シェリーちゃん」

「待って！」

灰原は歩き出すキュラソーを止めた。

「まだ子どもたちがゴンドラに残ってるの！ 早く助け出さないと……！」

振り返ったキュラソーは灰原が指差すゴンドラを見上げ、クッ……と唇を噛んだ。

コナンのゴンドラがシャフト付近に落ちて、車軸の下にいた安室のところにもガレキと共に大量の煙が押し寄せた。

視界が煙に遮られて何も見えない。さらに煙を吸い込んでしまい、ゴホゴホと咳き込んだ。

目をつぶり口をふさいでじっと耐えていると、しだいに煙が上って薄くなっていった。LEDビジョンに何かが衝突したのか、いつの間にか大きな穴があいていて、そこから煙が吐き出されているのだ。

「何があったかわからないが、これなら……」

安室は消火栓ボックスの中の起爆装置を見た。まだ少し煙いが、配線も雷管も判別できる。

よし！　と安室は作業を再開した。

「集中しろ……焦らず、慎重に……そして急げ!!」

体を窓に叩きつけられて気を失っていたコナンが目を覚ますと、そこはシャフト付近の通路だった。ゴンドラの窓が割れて、そこから放り出されたのだ。すぐそばにはゴンドラが上の通路をへし曲げて倒れかかるように止まっている。

ゴンドラの向こうに、風見が倒れているのが見えた。

「おじさん！　しっかりして！」

走り寄ったコナンが声をかけると、ウゥ……とうめき声が聞こえた。

よかった。生きてる――。

ギギギギ……ときしむ音がして、コナンはゴンドラを見上げた。へし曲がった上の通路に寄りかかったゴンドラは、今にもこっちに倒れてきそうだ。

「ヤッベェ……」

コナンは倒れている風見の襟をつかんで引っ張った。

軍用ヘリはホバリングしながら観覧車を見回すように移動を続けていた。

「まだか？　まだキュラソーは見つからねーのか？」

しだいに苛立ちを見せるジンの横で、ウォッカは前方監視赤外線装置が捉えた観覧車の映像をチェックした。

白黒に映った観覧車の内部に動く白い影が三箇所で見えて、それぞれを拡大する。

「ガキが二人と大人が……」

大人と子どものペアが二箇所にいて、残りの一箇所には大人が一人いた。大人が一人でいる場所を見て、ウォッカが「兄貴！」と呼ぶ。

「起爆装置の近くに誰かいやすぜ!!」

「何!?」

「ほら、ここ！」

ウォッカはタッチパネルに触れた指を上下に広げて、映像を拡大した。大人らしき白い影が消火栓ボックスの前で座り込んでいる。

「確かこの消火栓に設置してあったはず……」

映像を見たジンはチッと舌打ちをした。

「公安に気づかれていたのか……？」

消火栓ボックスの前に座り込んだ安室は、慎重かつ迅速に起爆装置の解除作業を進めていった。後は雷管に繋がる二つのコードを切れば、起爆装置は解除されるはずだ――。

「よし、これを切れば終わり……」

安室は持っていたペンチでコードを挟んだ。

ジンはコクピット側に歩みながらロングコートの内ポケットをまさぐった。パソコンの画面を気にしつつ、起爆スイッチを取り出す。

コクピットの窓から観覧車を見下ろしながら起爆スイッチのふたを開けると、すばやくボタンを押した――。

ビ――ッ！

コードを切った瞬間、電子音が鳴って起爆装置のランプが点灯した。安室の肩がビクリと跳ね上がる。

再び起爆装置をのぞき込むと――液晶表示に〈受信ＯＦＦ〉の文字が流れた。

「やった……」

座り込んだ安室はフーッと大きく息を吐いた。

「ギリギリだったな……」


カチッ、カチッ、カチッ。

ジンは何度も起爆スイッチのボタンを押した。

しかし、コクピットの窓から見える観覧車に変化はない。ボタンを押す前に、起爆装置が解除されたのだ——。

「……フンッ」

口の端を吊り上げたジンは、起爆スイッチを落として踏み潰した。靴の先から怒りが沸々と立ち上る。

「浴びせてやれ、コルン。弾丸の雨を——!!」

操縦桿を握ったキャンティが、ハッハッハッと笑った。

「こうでなくちゃね！　やっちまいなっ、コルン!!」

「わかった」

コルンが機関銃のスイッチを押した。機体腹部から下りた機関銃が火を吹き、観覧車に無数の弾丸が突き刺さった——。

10

突然、ガガガガ……と甲高い音が響き渡り、観覧車のLEDビジョンが砕け散った。

観覧車前の階段に座り込んでいた大勢の客が悲鳴を上げ、観覧車を見上げる。そばで客の誘導をしていた目暮たちもハッと顔を上げた。

「なっ、何が始まったんだ……!?」

コナンが傷だらけの風見を安全な場所へと引きずっていると、突然銃声が鳴り響き、上の通路の壁が次々と撃ち砕かれた。

「クッソォ、何とかしねーと……!!」

コナンは風見を置いて走り出した。

爆弾を解除した安室は車軸に登り、張り巡らされたコードの先についていた爆薬を集めていた。すると、ガガガガ……と耳をつんざくような銃声がした。振り仰ぐと、LEDビジョンの壁が撃ち抜かれ、爆煙が広がっている――！

「マズイな。急がないと……!!」

安室は集めた爆薬を抱え、車軸から滑り降りた。


観覧車の頂上にいた赤井はライフルを構え、機関銃を乱射する軍用ヘリを見下ろした。

「上からでは無理か……」

上からの射撃をあきらめた赤井は、狭い通路に飛び降り、そのまま階段を駆け下りた。


蘭と園子が他の客たちと水族館の窓から外を見ていると、照明が消えた観覧車の中心から煙が上がった。さらに銃声のような音がして、観覧車のＬＥＤビジョンから火花が散り、煙が上がっている――。

一体何が起きているのか――水族館の中にいる客たちにはわからなかった。

心配そうに外を見つめる蘭の横で、光彦に電話をかけていた園子が首を横に振った。

「やっぱりダメ……みんなが使ってて繋がりにくくなってるみたい」

「そう……」

蘭は再び観覧車を見た。

「あの子たち、大丈夫かな……」

階段を駆け下りた赤井が通路を走ると、後を追うように機関銃の銃弾がＬＥＤビジョンを撃ち抜いてきた。赤井はとっさに柱に滑り込み、ピタリと背中をつけた。両端の壁に無数の弾丸が突き刺さり、ガレキが飛び散る。

飛び散ったガレキが赤井のライフルに当たり、暗視スコープの一部が欠けた。

風見を置いたコナンは通路を走り、階段を駆け上がった。とたんに機関銃の銃弾が追いかけてきた。

コナンは銃弾に追われるように走った。床に弾丸が突き刺さり破片が飛び散る。

「うわあっっ‼」

倒れ込んだコナンはそのまま床を転がり、機械の陰に滑り込んだ。床に落ちたメガネに手を伸ばそうとした瞬間、銃弾が襲いメガネが砕け散った。

「クソォ……動いたらすぐに狙われる。このままじゃ何もできねぇぞ……」

「早く！　飛んで‼」

通路に飛び降りたキュラソーが、はしごを下りてくる灰原に向かって手を広げた。背後には機関銃の銃弾が迫っている。

灰原はキュラソーの胸に飛び込んだ。

「逃げて‼」

二人は通路を走った。二人を追うように銃弾が横一文字に壁を貫く。二人は転がるように柱の陰に飛び込んだ。周囲の壁が無数の弾丸を浴びて吹き飛んでいく。

柱の陰で座り込んだ灰原はハァハァと肩で息をした。

これでは動けない。子どもたちがいるゴンドラにも近づけない――！

すると、隣に座っていたキュラソーがタイトスカートの裾をビリビリと引き裂いた。

「ヤツらの狙いは、私……」

つぶやいて、スッと立ち上がる。その決意の表情を見て、灰原はハッと目を丸くした。

「あなた、まさか囮に……」

「あの子たちを頼んだわよ」

「ダメよ！　殺されるわっ」

キュラソーはフッと微笑み、通路を走り出した。波のごとく押し寄せる銃弾を人並み外れた動きでかわしながら走り抜けていく――。

ウォッカのパソコンに表示された前方監視赤外線装置の映像に、観覧車内部を高速で移動する白い人影が現れた。一見人間とは思えぬほどの速さと動きで観覧車の下の方を横切っていく。

「この動き、このフォルム……間違いねぇ！　キュラソーだ‼」
コルンはキュラソーらしき人影に照準を合わせ、機関銃を乱射した。

再びガガガ……と甲高い銃声が響いて、柱の陰に身を潜めていた赤井は腰を上げた。

「攻撃が一箇所に集中している……！」

さっきまで観覧車のあちこちをランダムに攻撃していたのに、今は一箇所を集中的に狙っている。

誰かが狙われている――。

機械の陰に隠れていたコナンは、一箇所に集中する銃声を聞いて直感した。

（動くなら今だ）

コナンは立ち上がり、階段に向かって走り出した。

機関銃を乱射するコルンの横で、キャンティはキャハハハ……と声を上げて笑った。

「死にな、キュラソー」

キュラソーは全速力で通路を走った。キュラソーの後ろに次々と着弾し、通路が穴だらけになっていく。すると、キュラソーの前の通路も銃弾を浴びて途切れてしまった。キュラソーは通路がなくなる手前で大きくジャンプして、数メートル下の崩れかけた通路の端に着地した。

ギギギギ……と通路が壁から引きはがされて落ちていき、キュラソーは再びジャンプした。追ってきた機関銃の銃弾がキュラソーの体をかすめ、顔に血しぶきが飛ぶ。

シャフトに叩きつけられたキュラソーは、そのままさらに落ちていった。銃弾の雨が降り注ぎ、崩れた通路がキュラソーを追いかけるように落ちていく。

コルンは機関銃を撃ち続けた。蜂の巣にされた観覧車の下部は着弾の煙を噴き上げ、噴水の水面に水しぶきが跳ねる。ウォータースクリーンを作り出していた大きな柱にも無数の弾丸が突き刺さり、倒れて大きな水柱が立ち上った——。


「……そんな……」

無残な光景を観覧車の通路から見ていた灰原は、クッ……と顔を伏せた。


ウォッカのパソコンに表示された観覧車の赤外線映像から、高速移動していた白い人影が消えた。

「キュラソーの反応が消えやした。任務完了ですぜ！」

ウォッカが報告すると、ジンは「いや、まだだ」とモニター画面に触れた。

「爆弾を解除したヤツらの始末が残ってる。車軸の爆弾を狙え」

「しゃ、車軸ですかい？」

「ああ……キュラソーほどの身体能力があれば、観覧車崩壊の騒ぎに乗じて逃げられる恐れもあったが……ただの公安ならそれでカタがつく」

ニヤリと笑ったジンは、コクピットを振り返った。

「コルン！　すぐに弾の補充をして車軸をぶっ飛ばせ！　空白が来る前に済ませろよ!!」

「わかった……済ませる」

コルンはぼそりと答えると、薄笑いを浮かべた。


はしごからゴンドラに下りた灰原は、天井のハッチを開けた。

「灰原さん！」

テーブルに飛び降りた灰原は集まってきた元太、光彦、歩美を見た。

「みんな、ケガはない？」

「お、おお……」

とうなずく元太の横で、歩美は不安そうにハンカチを握り締めていた。

「哀ちゃん……これって何があったの？」

灰原は一瞬ためらった。今、説明したところで、この子たちを怖がらせるだけだ。それに、キュラソーのことも……。

「後でちゃんと説明するから、今はおとなしくしていて」

灰原が真剣な顔で答えると、光彦と元太は「はい」「おお……」とうなずいた。

銃声がピタリとやんだ。

観覧車のあちこちで煙が上がる中、通路を走ってきたコナンは立ち止まって「赤井さーん！安室さーん！」と大声で呼びかけた。

「こっちだ」

上から声がして振り仰ぐと、通路に赤井が立っていた。コナンは銃弾を受けてゆがんで外れてしまった階段を上り、通路にジャンプした。

「ケガはないか？　ボウヤ」

「うん」

「隠れるんだ。まだローター音が聞こえる」

赤井は柱の陰に立つと、ライフルのねじを外しながら崩れ落ちた壁越しに上空を見上げた。ローター音は聞こえるが、この暗闇ではヘリの姿は見えない。

「安室さんは？」

「わからん」

赤井は壊れた暗視スコープを取り外して投げ捨てると、ノーマルスコープを取り付けた。

「だが直接的な攻撃を仕掛けてきたということは、爆弾の解除に成功したってことだ」

「あとはヤツらをどうやって……」

コナンが考えていると、

「そのライフルは飾りですか？」

頭上で安室の声がした。見上げると、上の通路からライフルバッグを持った安室が顔をのぞかせている。

「安室さん！」

「反撃の方法はないのか？　FBI」

安室に訊かれて、赤井は持っていたライフルを見た。

「あるにはあるが、暗視スコープがオシャカになってしまって、使えるのは予備で持っていたこのスコープのみ。これじゃ、闇夜のどデカい鉄のカラスは落とせんよ」

「暗視スコープがあればやれるの？」

コナンが訊くと、赤井は「ああ」とうなずいた。

「でもどうやって？」

「ローターの結合部を狙えばおそらく……」

「結合部なんて見えなかったよ？」

「正面に向き合っては無理だ」

赤井は再び上空を見上げた。

「なんとかヤツの姿勢を崩し、なおかつローター周辺を五秒照らすことができれば……」

「照らすことはできそうだけど……」

コナンはどこでもボール射出ベルトのバックルに手を当てた。花火ボールを使えば、照らすことは可能だ。でも――。

「大体の形がわからないと、ローター周辺には……」

そのとき、再び銃声がした。軍用ヘリの機関銃が火を噴き、観覧車の車軸に銃弾の雨が降り注ぐ。コナンと赤井は顔を見合わせた。

「まさかヤツら、車軸の爆弾を爆発させて――」

「この観覧車ごと崩壊させるつもりか!?」

上の通路にいた安室はしゃがみ込み、取り外して持ってきた起爆装置と爆弾を見つめた。

「マズイ……車軸にはまだ半分爆弾が残ってる……！」

暗闇の中でどんどん高度を下げたヘリは、車軸のある観覧車の中心に向けて機関銃を乱射した。

「キャハハハ！　撃て撃て撃て〜〜〜〜!!」

子どものようにはしゃぐキャンティの横で、機関銃を撃っていたコルンはムッと口を曲げた。車軸に仕掛けた爆弾になかなか当たらないのだ。

「クソォー!!」

破壊された壁際に立ったコナンは、機関銃が火を噴く方向を悔しそうににらみつけた。

「撃ってくる方向はわかるのに、ローターがどこにあるかわからねぇ……」

コナンのそばでライフルを構えた赤井はスコープをのぞいた。ノーマルスコープで見えるのは、機関銃の銃口から出た発射炎――マズルフラッシュだけだ。

「大体の形がわかればいいんだったよね？」

上の通路にいた安室はそう言って、ライフルバッグに入れた起爆装置の液晶パネルを確認した。〈SYSTEM―STANDBY〉からカウントダウンの数字に切り替えると、ライフルバッグのジッパーを閉めて背負った。そして壁に向かって走り出す。

「見逃すなよ――!!」

安室はライフルバッグを肩から外し、機関銃に撃たれてできた壁の穴からマズルフラッシュに向かって爆弾の入ったライフルバッグを思い切り投げた。

空中で爆弾が爆発し、その閃光で軍用ヘリが暗闇に浮かび上がった。

「見えた!!」

コナンはすばやくキック力増強シューズの目盛りを回した。そしてどこでもボール射出ベルトのタイマーを回してBボタンを押した。バックルから飛び出した花火ボールをヘリに向かって大きく蹴る――!!

「行っけえええええ――!!」

夜空に飛び出した花火ボールは一直線に突き進み、ヘリのローターの真上で破裂して鮮明な光を放った。

突然、花火が打ち上がり、園内にいた客たちは一斉に夜空を見上げた。

レストランにいたベルモット、水族館にいた蘭と園子、そして観覧車の前にいた目暮も夜空に光り輝く花火を見つめる。

「何だ、あれは……!?」

花火の光に照らされて突如姿を現した軍用ヘリに、目暮は目を丸くした。

閃光と共に押し寄せた爆風がヘリを襲い、機体が大きく揺れた。必死でコントロールするキャンティの横で、コルンは窓の外を見上げた。夜空に大輪の花が煌々と輝いている――。

「花火……」

「攻撃されてる!!」

「いっ、いったいどこから!?」

シートに背中を押しつけられたウォッカは、すぐに身を乗り出してパソコンの画面に顔を近づけた。観覧車の中心よりやや上の部分に、白い人影が見える。ウォッカはタッチパネルに触れた指を上下に広げて画像を拡大した。

「ん？」

と目を凝らすウォッカの声に、コクピットを向いていたジンが振り返る。

パソコンの画面には、破壊された壁際に立つ白い人影が映っていた。ライフルのようなものを構えている――。

スコープをのぞいていた赤井は、花火の閃光で浮かび上がった軍用ヘリのローター部分をとらえた。

「墜ちろ」

すばやく引き金を引いた。

煙を突き抜けたライフルの弾丸が一直線にヘリへ向かい、右翼エンジンに突き刺さった。火を噴いたヘリがバランスを崩して左右に大きく揺れる――。

「やったか⁉」

「よし！」

壁から身を乗り出した安室とコナンが叫び、ライフルを下ろした赤井はフッと口の端を持ち上げた。

黒煙を吐いた軍用ヘリは、左右に傾きながら大きく蛇行した。コクピットに警告音が鳴り響き、キャンティが操縦桿を必死で動かす。

「ヤバイよ!! ヤバイよ!! このままだと墜落しちまうよ!!」

「コルン! どけ!!」

ジンはコクピットに座ると、機関銃の発射レバーをつかんだ。

墜落寸前で浮上した軍用ヘリは、再び攻撃を開始した。機関銃の銃弾が観覧車の中心に降り注ぐ。

機体を持ち直したヘリに、赤井はチッと舌打ちして再びライフルを構えた。コナンは通路を駆け出し、階段の手すりを滑って下りていく。

(車軸が破壊されたら大変なことに……!!)

軍用ヘリの機関銃は車軸がある観覧車の中心付近を集中的に攻撃した。蜂の巣にされたLEDビジョンがついに大きくはがれ落ち、車軸があらわになった。

無数の弾丸が車軸を襲った。一発の弾丸が車軸の接合部分に張り付いていた爆弾に命中した。残っていた爆弾が次々と爆発したかと思うと、ノースホイールを外側から留めた巨大なキャップから煙が噴き出て崩れ落ちた。ノースホイールが徐々に中央の車軸から離れていく――。

ノースホイール側でライフルを構えていた赤井の足元が揺れた。しだいに揺れが大きくなり、赤井はスコープから目を離して足元を見た。その瞬間――通路がガラガラと崩れ落ち、赤井はガレキの中に消えていった。

通路を走っている安室の前に、突然ガレキが落ちてきた。安室は慌てて止まった。すると安室の周りを次々とガレキが落下して煙が巻き上がったかと思うと、通路が崩れて安室も落ちていった。

中央の車軸から外れたノースホイールは土台に落下して、すさまじい土煙を上げた。その衝撃でホイールの正面を覆っていたLEDビジョンが吹き飛び、子どもたちが乗っていたゴンドラも激しく揺れた。外側に傾いたホイールは支柱にぶつかり、粉塵を噴き上げながらじわじわと前に進み出す。周囲で悲鳴が飛び交い、観覧車付近にいた人々は一斉に水族館に向かって走り出した。

落下したホイールから噴き上がった粉塵が観覧車の前の噴水にまで広がり、辺りは白い煙に包まれた。するとそのとき、水中から何かが飛び出した。

「ぐあああっ!!」

それは傷だらけになったキュラソーだった。水しぶきを上げて飛び出したキュラソーは口を大きく開けて息を吸い込んだ。

土台に落下した観覧車のホイールがゆっくりと回転して進むのを見て、ジンは機関銃を撃つのをやめた。

「もう無理！　ズラかるよ!!」

必死で機体をコントロールしていたキャンティが叫ぶ。

軍用ヘリはゆらゆらと機体を傾かせながら観覧車を回り込んだ。ときおり右翼エンジンから炎が上がる。

「しかし、ヤツら何者なんですかねぇ？」

ウォッカがコクピットに顔を出すと、腕組みをしていたジンはフンと顔を上げた。

「死にゆくヤツらのことなんざ、興味ねぇよ……」

サウスホイールの通路を走ってきたコナンは立ち止まり、手すりをつかんで外を見た。

煙がもうもうと立ち上る中、ノースホイールがガレキをまき散らしながら進んでいく。その先には水族館へと走る大勢の人々が見えた。

「逃げろおおお――!!」

コナンはあらん限りの声で叫んだ。

目暮たちも水族館へ避難しようと走り出した人々を追いかけて、叫び続けた。

「逃げろぉ！　水族館から離れて――!!」

「危ないから離れて――!!」

「こっちは危険よ！　向こうに逃げて――!!」

「観覧車が来るぞぉ！　逃げろ――!!」

目暮たちの声を聞いた人々は、左右へと散らばった。目暮たちも二手に分かれて逃げると、背後から迫ってきた煙の中からゆっくりと土台を前進するホイールが現れた。


通路から叫んだコナンは、ホイールが転がっていく方向を見て青ざめた。

ホイールが進む道は、水族館へと一直線に延びている――。

「ヤッベェ……このまま転がったら水族館に……」

直撃して大惨事を引き起こしてしまう。その前にホイールを止めなければ。でもどうやって
――!?

コナンは左手に持っていた伸縮サスペンダーを見た。ホイールを止める方法は一つしかない。

「一か八か、やるっきゃねぇ……!!」

ダッシュしたコナンは通路から飛び降り、ガレキの山を飛び跳ねながら下りていった。

『緊急事態です。館内にいらっしゃるお客様は、ただちにイルカショーのスタジアムに移動してください』

アナウンスが流れ、水族館にいた客たちはスタジアムに向かって走り出した。

「お客様、すぐにイルカショーのスタジアムに移動してください。ここは危険です!」

係員も懸命に誘導する。人々がスタジアムに向かう中、蘭は呆然と窓の外を見ていた。

「観覧車が……」

「蘭! 逃げないと!!」

園子は立ち止まっている蘭の手を引っ張った。そして走る人の波に押されるようにスタジアムへ進んでいった。

土台をゆっくりと転がっていったホイールは、芝生が植えられた傾斜に差し掛かった。ホイールの重さに耐えられなくなった芝生部分が崩れ、ホイールが滑るように坂を転がっていく。

「わあああ!!」

子どもたちを乗せたゴンドラがぐるんと回った。床が斜めになり、灰原と歩美は中央のテーブルに、光彦と元太は手すりにつかまる。

坂を転がったホイールはズシィィィン……と地響きを立て下の道に着地すると、加速して転がり出した。

（マズイ！　坂で加速した！）

コナンは観覧車の支柱に伸縮サスペンダーを掛けて両端を繋ぐと、ボタンを押しながら車軸から通路に飛び降りた。伸びるサスペンダーを持ちながら転がるホイールを追うように駆け出す。

「コナン君！」

背後から声がして振り返ると、傷だらけになった安室が追いかけてきた。

「止められるのか？」

「わからない。でもやらないと！」

通路の先端に着き、安室はコナンを抱きかかえて手すりに乗った。そして大きくジャンプしてゴンドラに飛び移る。が、滑り落ちて外側のレールに背中を強打した。

「安室さん！」

「大丈夫だ。集中しろ」

コナンは持っていたサスペンダーのボタンを押した。支柱から伸びて緩んでいたサスペンダーが縮み、コナンたちはゴンドラの上に引き戻された。そして体をひねり、コナンを抱きかかえた安室は車軸の方を向いた。

「うおおぉぉ――ッ!!」

コナンをホイールに向かって力いっぱい投げ飛ばした。

宙に放り出されたコナンは、伸びたサスペンダーと共に弧を描くように落下しながら、ホイールに手を伸ばした。

「届けえぇぇ――ッ!!」

しかし、わずかに届かず、コナンの手がホイールをかすめて離れていく。すると、誰かがコナンの手をつかんだ。その手にぶら下がったコナンが顔を上げる。

「赤井さん!!」

それは赤井の手だった。傷だらけになった赤井がホイールに片手でつかまりながら、コナンを引っ張っている。

「何か策があるんだろ?」

ニヤリと笑う赤井に、コナンは「うん!!」と微笑み返した。

タイヤさながらに転がった巨大ホイールは、水族館に続く一本道をまっしぐらに進んだ。そして水族館の建物に激突したホイールは、メキメキメキメキ……と音を立てながらめり込んでいく。

「うわあああっ!!」

ゴンドラの中にいる子どもたちは床を滑って窓に体を押しつけられた。

水族館の倍以上の高さがあるホイールは回転しながらどんどん建物を破壊していった。巨大水槽を突き破り、大量の水が流れ込んできた吹き抜け広場のオブジェを破壊しながらなおも進んでいく。


コナンはサウスホイールの支柱から伸びたサスペンダーの先を、ノースホイールのレールに取り付けた。そしてボタンを押す。

「どうだ!!」

縮んだサスペンダーが二つのホイールの間でビシッと勢いよく張られ、水族館を破壊しながら進むノースホイールを引っ張った。

「よしっ!」

サウスホイールのゴンドラの上に立っていた安室は、張られたサスペンダーを見て拳を握り締めた。

「……いや、まだか……」

サスペンダーで引っ張られたノースホイールは、それでも止まらなかった。速度は緩まったものの、バキバキと水族館を破壊しながらなおも進んでいく。ついには建物を完全に分断し、イルカショーのスタジアムへと向かった。

スタジアムに避難していた人々は、背後から迫る巨大ホイールを見て一斉に逃げ出した。

「園子、早く!!」

蘭も園子の手を引いて走り出す。


コナンと赤井はホイールが進む方向にレールの上を走っていた。

「これでは止まらんぞ！」

「大丈夫！　まだ手はあるよ！」

二人は頂上付近に来ていた子どもたちのゴンドラの上のレールを駆け抜けた。

カンカンカン……。

歩美を抱きしめながらゴンドラの床に座り込んでいた灰原は、レールの上を走る靴音に気づいて顔を上げた。

ゴンドラの窓から、レールの上を走っていくコナンの姿が見えた。

(く、工藤君……)

彼はこのホイールを止めに来たのだ。

お願い、止めて――灰原は歩美を抱きしめながら祈った。

水族館を突き破った巨大ホイールは、イルカショーのスタジアムへと近づいていた。スタジアムはすぐ目の前に迫っている――！

「クソォ！　このままじゃ間に合わねぇ！」

レールをゆっくり走り下りていたコナンは、尻をつけて一気に滑り下りた。

「よせ！　焦るな!!」

後に続いた赤井が叫ぶ。コナンは滑り下りながら振り返って右手を伸ばした。

「赤井さん――!!」

コナンの右手をつかんだ赤井は、滑り下りながら垂直になったレールに手を掛け、コナンを持ち上げた。そしてコナンを二本のレールに掛けられた横桁に着地させた。

コナンは腰から外したベルトを横桁に巻くと、バックルをはめてボタンを押した。

「これならどうだ!!」

バックルから出てきたサッカーボールがどんどん膨らんでいく――。

園子の手を引いて走っていた蘭は、後ろから迫る巨大ホイールを振り返った。

「蘭？」

園子は突然立ち止まった蘭が見上げる方を振り仰いだ。すると、背後から迫ってくるホイールから膨らんだサッカーボールが飛び出している……！

「あのボールって……」

「コナン君⁉」

コナンは膨らんでいくサッカーボールを険しい表情で見つめた。

「膨らめー！　もっと早く！　もっと大きく！」

大きく膨らんだサッカーボールはスタジアムの屋根に乗って転がるホイールを押さえた。客席を覆う屋根がメキメキ……と音を立ててひしゃげ、客席にいた人々が慌てて逃げ出す。

サッカーボールに押さえられて止まったかのように見えたホイールは、じわじわと進み出した。

「ダメだ、止まらねぇ……!!」

そのとき、ビー――!!　と建設中エリアからけたたましい音がした。

クレーン車置き場のフェンスがぶち破られ、大型クレーン車が飛び出してきた。水族館脇に植えられた樹木を次々となぎ倒し、回り込んでホイールへ迫ったクレーン車は、そのままホイールの正面に突っ込んだ。

クレーンの先端がレールにぶつかり、火花が飛び散る。ホイールから落下した鉄骨の下にもぐり込んだクレーン車は、その巨大なアームでホイールを押し続けた。

運転席に座っていたのは、傷だらけのキュラソーだった。ハンドルを握るその右手には、子どもたちとおそろいのイルカのキーホルダーがある。キュラソーは左手でシフトチェンジし、アクセルを踏み込んだ。

そのとき、ゴンドラの窓から頭が見えた。クレーン車に気づいた頭がこっちを向く。

それは灰原だった。その後ろには慌てふためいた歩美、元太、光彦の姿が見える。

「……みんな……」

キュラソーは強い決意の色を瞳に宿らせると、さらにアクセルを強く踏み込んだ。鉄骨が刺さった腹から血がドクドクと流れる。キュラソーは痛みに耐えながら必死でアクセルを踏んだ。ホイールを押し続けるクレーン車の後輪は空回りして、大量の煙を噴き上げる。

「止まれえぇぇ――っ!!」

キュラソーはアクセルを踏み続けた。

クレーン車に押されたホイールは片側のレールを浮かせてわずかに傾いた。が、すぐにズドンと元に戻り、その衝撃でクレーン車の上の鉄骨が落ちた。運転席がグシャリとへしゃげ、さらにその上にガレキが崩れ落ち、土煙が巻き上がる。煙に包まれたクレーン車は次の瞬間、爆発した。

サッカーボールも衝撃でしぼむと、ホイールはクレーン車の反対側へ傾き、ガレキと水族館の残骸に支えられて止まった――。

「止まったんじゃないですか……？」

ゴンドラにいた子どもたちは、おそるおそる窓から外をのぞいた。イルカショーのスタジアムの前でホイールは完全に止まっていた。

「やったー！　止まったぞー!!」

「きっとコナン君が止めてくれたんだよ！」

やったぁ！　と子どもたちは両手を上げて喜び、ゴンドラの中央まで飛び跳ねた。

灰原だけが窓のそばに残り、無言で外を見つめていた。視線の先には、黒い煙を上げて激しく炎上するクレーン車があった。

スタジアムに避難していた人々は、ギリギリで止まったホイールに歓声の声を上げた。抱き合って座り込んでいた園子と蘭も目の前で止まったホイールを呆然と見上げ、園子はフゥ……と息をついた。

サウスホイールのゴンドラの上から見ていた安室は、ノースホイールが完全に止まったのを見届けるとフッと微笑んだ。

「なんて子だ……本当にこの巨大な観覧車を止めるとは……」

晴れ晴れとした表情でつぶやいた安室は、髪をかき上げながら夜空を見上げた。

コナンと赤井はしぼんだサッカーボールの上でレールにつかまっていた。ホイールのそばで燃えているクレーン車がホイールを見下ろす。

クレーン車がホイールを横から押してくれなかったら、あのままスタジアムに突っ込んでいただろう。

「あのクレーン車……一体誰が……」

コナンがフゥ……と息をつくと、

「よくやったな、ボウヤ」

赤井はコナンを見てニヤリと笑った。

「う、うん……」

微笑を返したコナンは、再び炎上するクレーン車を見つめた。

電気が復旧した東都水族館には、何十台ものパトカー、救急車、そして消防車が駆けつけていた。上空には警察のヘリコプターが飛び、海上にも警察の船舶が泊まっている。

ホイールが止まった水族館の周りはバリケードテープで封鎖され、その手前に待機していた救急車の一台に、白い布がかぶさったストレッチャーが運び込まれようとしていた。コナンと灰原が駆け寄ると、部下に両側から支えられた風見がストレッチャーに近づいた。

「待ってくれ。遺体の確認がしたい」

警察手帳を見せられた救急隊員は、困惑した表情でストレッチャーを止めた。

「構いませんが、身元が判別できる状態ではありませんよ」

そう言って、白い布を少し持ち上げる。黒焦げになった遺体の一部を見せられた風見は一瞬顔をしかめた。

「わかった。ご苦労。行ってくれ」

救急隊員が白い布を戻したとき――ストレッチャーから何かが落ちた。コナンがしゃがんで拾い上げる。

「それって……」

灰原が駆け寄ると、コナンは「ああ」と手のひらを広げた。

それは、色の塗られていないイルカのキーホルダーだった。キュラソーが持っていた元太たちとおそろいのキーホルダーだ――。

「ボク！」

部下に支えられた風見がコナンたちに近づいてきた。

「今拾ったものを見せてくれないか？」

コナンが風見の手にキーホルダーをのせると、風見たちはまじまじとキーホルダーを見つめた。

「何ですかね、これは」

「まさか、記憶媒体！」

風見の言葉に部下が目を見張る。すると、コナンは「いや」と否定した。

「記憶じゃない。思い出だよ」

そう言ってきびすを返して歩き出す。

「……黒焦げになっちまったけどな……」


水族館に支えられるように立っているノースホイールの周りにはクレーン車やはしご車が駆けつけた。客を乗せていたサウスホイールにもはしご車が駆けつけ、ゴンドラから客を救出し始めた。通路にはブルーシートが敷かれ、救急隊員が負傷した人を診ている。

部下に両側から支えられて歩いてきた風見に、目暮は右手を差し出した。目暮たち警察が客を誘導してくれなかったら、負傷者はもっと出ていたことだろう。

風見は右手を出し、目暮と握手を交わした。互いに笑顔で話す。佐藤、高木、千葉も笑みを浮かべながら、二人の会話を聞いていた。

ゴンドラに乗っていた客たちと一緒に観覧車から降りてきた安室は、樹木の陰で立っていた赤井に気づいた。傷だらけになった赤井も安室に気づく。

二人は一瞬目を合わせると、安室は係員に誘導される他の客たちと同じ方向へ歩き、赤井は木立の中に去っていった。


ジェイムズたちは赤井から教えられた埠頭の倉庫に来ていた。倉庫前に停めた車から降りたジョディとキャメルは、拳銃とライトを持って倉庫に入っていった。

照明が壊れて暗闇に包まれた倉庫内をライトで照らしながら、奥へと進む。すると、ライトで照らした鉄柱の下に外された手錠が落ちていた。その近くには血痕もある。

しかし、怜奈の姿はどこにも見当たらなかった。


コナンが園内を歩いていると、新一のスマホに蘭から電話がかかってきた。蝶ネクタイ型変声機を口元に近づけて電話に出ると、よかった……と安堵する蘭の声が聞こえてきた。

駐車場で蘭からの電話に出たとき、東都水族館の館内放送が聞こえたらしく、新一がここに来ているとわかったらしい。

心配したよぉ、と涙ぐんだかと思うと、今度は電話をかけてこないことに怒り出した。

「悪かったよ。泣くなって」

コナンは苦笑いしながら蘭をなだめた。

水無怜奈は倉庫から離れた埠頭で海を見ていた。真っ暗な海の先に、ゆらゆらと揺れる船の明かりがいくつも見える。潮風が吹いて、怜奈はケガをした肩を押さえた。

しばらくして、ベルモットの車がやってきた。助手席のドアを開けると、ベルモットがスマホで誰かと話していた。助手席に滑り込んできた怜奈を見て軽くうなずく。

話を終えたベルモットは通話終了ボタンをタップした。その画面には通話相手の名前〈ＲＵＭ〉が表示されていた——。

11

翌日の昼下がり。子どもたちとコナン、蘭は阿笠邸を訪れていた。

阿笠博士、蘭、コナン、灰原はソファでお茶を飲み、子どもたちはリビングの柱に掛けられたダーツの的に矢を投げて遊ぶ。

光彦が投げたダーツの矢は、的を外れて床に落ちた。

「あ〜あ、もうちょっとだったのに〜」

「んだよっ、下手くそだなぁ」

元太が言うと、光彦はムッと頬をふくらませた。

「だったら今度は元太君がやってみせてくださいよ」

「いいぜー」

子どもたちは柱の下に大量に落ちているダーツの矢を拾いに行った。

「蘭お姉さん、的のダーツ取って〜」

「はーい、ちょっと待っててね」

蘭はソファから腰を上げ、子どもたちのところに向かった。

灰原は隣でぼんやりとテレビを見ているコナンに話しかけた。

「……彼女、言ったわ。私たちを助けたいって」

コナンはテレビから目を離し、「ああ」とうなずいた。

「でなきゃ、死ぬ間際にあんな人形持ってねーよ」

「でも、わからないわね。どうして彼女……」

と言いかけて、灰原は子どもたちを見た。コナンもつられて見る。

子どもたちが投げたダーツはあいかわらず的に刺さらず、柱の下に落ちていくばかりだった。

「あ〜あ、あのお姉さんみたいに上手くなりたいなぁ」

「そういや、あの姉ちゃんどこ行っちまったんだ？」

「きっと元気ですよ。あの爆発の犠牲者は犯人だけって言ってましたから……」

ダーツの矢を拾いながら子どもたちの会話を聞いていた蘭は、「その人って水族館で会った、記憶喪失の？」とたずねた。

「うん。病院でオセロして……」

「人形あげたんだぜ。すんげー喜んでたぞっ。なあ？」

「ええ。みんなおそろいの人形なんですよね」

子どもたちはそれぞれのポケットからイルカのキーホルダーを取り出して、蘭に見せた。

へぇ～、と蘭がニッコリしながらキーホルダーを見ると、歩美はしょんぼりとうつむいた。

「でも、いなくなっちゃたんだよね」

「記憶が戻って元いた場所に帰っちゃったのかも……」

「せっかく友達になれそうだったのによぉ」

そろってガックリと肩を落とす子どもたちを見て、蘭は「でもさ」と言った。

「それって、もう友達なんじゃない？　こんなにみんなに想われてるんだから」

蘭の顔をぽかんと見ていた子どもたちに、たちまち笑みが宿る。

「そっかぁ」

「ですよね」

「おうっ！」

元気になった子どもたちに、蘭が微笑みながら「うん」とうなずく。

ソファから子どもたちを見ていたコナンと灰原にも、自然と笑みがこぼれた。

「もしかしたら、あいつらが変えたのかもしれねーな」

「ええ……」

うなずく灰原の横で、コナンはキュラソーの瞳と黒焦げのキーホルダーを思い浮かべた。

「最後の最後で、彼女の色を……」


【おわり】

Shogakukan Junior Bunko

★小学館ジュニア文庫★

名探偵コナン 純黒の悪夢(ナイトメア)

2016年 4 月19日 初版第 1 刷発行
2023年 3 月22日 第11刷発行

著者/水稀しま
原作/青山剛昌
脚本/櫻井武晴

発行者/井上拓生
編集人/今村愛子
編集/伊藤 澄

発行所/株式会社 小学館
〒101-8001 東京都千代田区一ツ橋2-3-1
電話 編集 03-3230-5105
販売 03-5281-3555

印刷・製本/中央精版印刷株式会社

デザイン/石沢将人+ベイブリッジ・スタジオ
口絵構成/内野智子

Printed in Japan ISBN 978-4-09-230866-4